Michèle Minelli   All das Schöne

Michèle Minelli
All das Schöne

Die Geschichte von Jakob und Elisa

Roman

Illustrationen
von Janine Grünenwald

Für die, die da sind

WINTER

Der Ofen ist kalt. Behutsam ziehe ich den Schieber. Rauchgasdrosselung. Die Lötstelle blitzt mir entgegen, da, wo du das Gusseisen der Drosselklappe geflickt hast. Dann öffne ich die Feuertür. Keine Asche stiebt, der Russ an der Innenseite ist festgebacken. Ich stosse die Feuertür weit auf.

Als ich den ersten Ast vom Reisigbündel hebe, springt Rinde davon. Der schwache Kellergeruch, der dem Holz anhaftet, mischt sich in die Leere der Küche.

Stück für Stück gebe ich Äste und Rinde in den Brennraum hinein. Anschliessend setze ich schräg drei Scheite in das bereitliegende luftige Nest, ein viertes obenauf. Ich schichte Feuerholz jedes Mal anders, du hattest dein festes System.

Mit einer Hand streue ich Fichtenspäne als Anzünder über das Gebilde. Dann nehme ich doch einen Fidibus und zünde ihn an. Die paraffingetränkten Holzfasern geben die Flamme weiter an die Späne, kleine Flämmchen strudeln und fachen neue Flämmchen an, mehrstimmig rufen sie das Feuer hervor, das sie bilden werden.

Noch eine Weile bleibe ich vor dem Ofen kauern, ich will die tiefe Grundnote des Brandholzes, die der Luftzug in die Küche trägt, in mich aufnehmen. Zuletzt verschliesse ich die

Feuertür – keiner weiss, wann – und sichere das Zuglufttürchen mit der improvisierten Klammer.

Es ist vollbracht. Bis vor wenigen Augenblicken hätte ich nicht gedacht, dass ich das bewältige.

Du würdest lachen, sähest du meinen rechten Ärmel. Du würdest dich laut fragen, wie ich es schaffe, mir jedes Mal die Kleider zu verrussen. Du würdest mich in den Arm nehmen, mich an deinen grossen warmen Körper drücken, ich würde in deinem Lachen zu Hause sein, mein Gesicht auf der weichen Stelle deiner Brust, in dieser Küche, in diesem Haus, in unserem Leben, das jetzt nur noch meines ist.

Unten, im Keller, wo ich das Holz für den folgenden Tag in die Filztasche lege, beginne ich abzuzählen, Reisigwelle für Reisigwelle – wie lange reicht es noch? Ich zähle vor und zurück. Vier Reisigwellen und neun verbleibende Holzstapel, schmale Scheite, jedes Stück einzeln und sorgsam von dir platziert auf dem Rost, der sich an der südlichen Kellerwand entlangzieht.

Wir waren die Gewandten, die Flinken, wir hatten unser Holz in Rekordgeschwindigkeit akkurat gerichtet. «Respekt», staunten die Männer der Holzkorporation, «sauber», was man halt so sagt zu einer Frau und ihrem Mann, sie hinkend im rechten Knie, er im Nacken gebeugt. Aber die Stapel liegen sauber, die einzelnen Scheite ordentlich geschichtet; du hattest einen Blick für Formen.

Nichts war je verloren für dich, kein Holzrestchen zu gering, du bewahrtest sie alle auf, einsortiert in der Gewissheit, es käme für ein jedes der Tag, an dem es seine Bestimmung fände. Das rechteckige Fichtenlättchen? Ein perfektes Schiftholz für unter die neue Türschwelle zur Küche hin. Der faustgrosse Quader? Optimales Passstück für die Lücke im Dachstock, dort, wo das alte Heizrohr durchführte. Aus dem Schnittabfall des ausgedienten Bücherregals hast du den Katzen einen Sims über der Heizung gefertigt.

Auch uns hast du in dein Leben eingepasst. Indem du dein Leben um uns gebaut hast, es weiter gefasst hast, wo es zu eng war, es näher gezogen hast, wo ich deinen Schutz brauchte. Ich bin das passende Teil gewesen für dich – und du das passende Teil für mich. Sorgsam aneinandergefügt mit Spiel, damit Luft zwischen uns zirkulieren konnte.

Zwei Monate, überschlage ich, zwei Monate, wenn es kein harter Winter wird, und ich löse meine Finger vom Buchenscheit, auf dem sie deiner Berührung nachgespürt haben. Ich sollte hoch, zurück in die Küche und nach dem Ofen sehen.

Das Feuer stampft, also verenge ich mit dem Zuglufttürchen den Luftstrom, klemme es an neuer Position fest. Zum Dank beruhigen sich die Flammen; die Duftnote, die jetzt in die Küche drängt, spiegelt mir vor, nicht allein zu sein.

Die olfaktorischen Eindrücke dringen ungefiltert ins limbische System, habe ich in einem Artikel gelesen, *eine urgeschichtliche Einrichtung der Natur.* Ja, denke ich. Riechen ist unweigerlich mit Empfinden verbunden. Und Empfinden unweigerlich mit dir, das eine kommt nicht ohne das andere.

Orient, unser schwarzer Kater mit dem langen Gesicht, springt mich aus dem Nichts an und krallt sich in meinen Knöchel. Ich schaue mich um. Wenn er da ist, ist die dicke gelbe Okzident nicht weit, ich horche. Warte. Nichts. Also hebe ich den Kater zu mir hoch, er schmiegt sich zwischen meine Brüste; ein russgeschwärzter roter Strickärmel schlottert um mein Handgelenk, und während ich mich mühsam, Orient im Arm, an der Kachelwand abgestützt aufrichte, denke ich über das Rätsel der Russflecke an meiner Kleidung nach, das wir nie gelöst haben, und vorsichtig über die Tatsache, dass du nicht mehr da bist, es mit mir zu erforschen, und dass du auch nicht wiederkommst.

Ein kleines gebogenes Stück Draht

Mit ihm wehte sein Duft herein, aromatisch, rau, fein strukturiert hingen die Geruchsmoleküle im Wollgestrick seiner roten Jacke.

«Nein», sagte sie und hielt ihm beide Hände hin, «behalt sie an.»

«Funktioniert die Heizung noch immer nicht?»

«Nicht so, wie sie sollte.»

«Diese Wohnung ist aber auch ein Loch, das du dir zum Lecken deiner Wunden ausgesucht hast», sagte er und holte nacheinander drei Taschen in die Küche.

Und während sie sich in seine nun doch abgelegte Strickjacke, ein Geburtstagsgeschenk seiner Schwester, kuschelte und der Geruch seiner Haut und seines Holzofens in ihre Nase wanderte, wusste sie bereits, was käme: das Auspacken und Bestaunen der Gaben. Die Früchte seines Gartens. Geschenke aus seiner Hand.

Jakobs Garten bot einen nie endenden Strom von Bescherungen, und Jakob packte eine nach der anderen auf Elisas Küchentisch, ein Tun, das Elisa zwar kannte und doch nicht begriff.

«Randen. Lauch. Sellerie. Kartoffeln und Karotten», deklamierte er, darauf folgten der Wein, die zugekauften Produkte wie Eier und Fleisch, die Nüsse, die er letztes Mal vergessen hatte mitzubringen und von denen doch kistenweise auf dem Dachboden lagerten, ein Fläschchen Quittenschnaps. «Für das Dessert», sagte Jakob in liebevoller Zuversicht, dass Elisa selbst gemachtes Quitteneis mit Schuss gefallen würde. Sie liess ihren Blick zu Boden sinken.

«All das Schöne könntest du auch ohne Kummer haben. Wenn du zu mir ziehen würdest, fühltest du dich vielleicht ein bisschen weniger allein», fügte er an. Seine Hand an ihrer Schulter schüttelte Elisa ab. Er habe sie halt in der Heulphase ihres Lebens kennengelernt. Müsse man die alten Dinge nicht erst aufarbeiten, bevor man etwas Neues begann? Sie habe ihm das oft genug gesagt und auch, dass er keine Schuld daran trage. Sie sei sich noch nicht sicher, ob sie wieder vertrauen könne. Sofort und einfach so.

«Elisa, du hast ein ausgesprochenes Talent zum Selbstbetrug.»

Ihr war klar, dass er mit seinem Lachen recht hatte. Sie wusste, dass sie sich völlig unnötig bestrafte, dass sie längst Ja gesagt hatte zu diesem Neubeginn. Ihre Mundwinkel zuckten schon. Im Stillen hoffte sie, Jakob würde ihr nicht die gewohnte rhetorische Frage stellen: «Was würde ein Nomade dazu sagen?» Sein Massstab für fast all seine Entscheidungen. Jakob tat es nicht. Er zwinkerte mit Blick auf ihren Mund. Und er legte sich Schneidebrettchen und Küchenmesser bereit.

«Ich gewöhn mich schon nicht dran», lenkte sie ein.

«Man kann das Zusammenleben auch verlernen...»

«Ich werde den Moment erkennen, wenn er gekommen ist.»

Auf dem engen, schmalen Balkon, der mit Hasendraht gegen ihr Ausbüxen bewehrt war, drückten sich Elisas drei Scheidungskatzen in die Obstkiste, die Jakob mit Heu ausgepolstert hatte. Quer durch die beiden grauen gewoben der weisse Siam-Mix Hugo. Ihr Herumlungern in der Kiste auf dem Balkon verdeutlichte ihre Not, es war, als sagten ihre Katzen an Elisas statt: «Hier können wir nicht leben, in dieser miesen Bleibe, in die kein Licht vordringt, zu keiner Jahreszeit kein einziger Strahl. Bring uns gefälligst fort von hier!» Sie wollten ihre alte grosse Terrasse zurück, die Weitläufigkeit der Stadtmaisonette. Das Treppenkletterturnparadies.

Jakob löste seinen Blick von ihnen und wandte sich dem Gemüse zu.

Nach dem Essen kümmerte er sich um die rinnende Klospülung. Ein kleines gebogenes Stück Draht, das er von zu Hause mitgebracht hatte, war der rettende Anker. Lachend zog er die Spülung, die nun wieder tadellos ihren Dienst tat.

Nachts, wenn es dunkel sei, werde er noch einmal in den Heizraum schleichen und schauen, ob er den Regler nicht doch etwas höher stellen könne, er habe da, sagte er, so eine Idee. Zwar nur halblegal, aber: Was würde ein Nomade tun, wenn seine Nomadin friert?

Als er später vom Heizraum zu ihr zurückkam, umarmte sie ihn und merkte, dass diese Umarmung von ihr ausging. Sie hielt ihn lange fest. Seine warme Hand hob und senkte sich mit ihrer rechten Brust. Elisa versuchte, keinen Augenblick zu verpassen. Nichts entwischen zu lassen von den geheimnisvollen Eindrücken, die Jakob in ihr Dasein brachte, von seiner geduldigen, zugewandten Zärtlichkeit, die sie, das spürte sie, heilte. Irgendwann schlummerte sie in eine wohltuende Entspannung hinein, ganz ohne Traum. Geborgen in seiner Anwesenheit in dieser von vielen Vormietern abgelebten Zweizimmerwohnung inmitten des Industriegebietes, wo die Lieferwagen endlich zur Ruhe gekommen waren und die Lichter nur noch für sich und nicht mehr zu Reklamezwecken brannten.

Ich mochte es, dir zuzusehen, wie du mit Beginn des Winters die Vögel füttertest. Den Eichelhäher. Die Rotkehlchen. Die Meisen, die Amseln. Die drei Buntspechte. Die Vögel bewundertest du. Besonders die Grünfinken sind uns ans Herz gewachsen, nachdem sie zwischen den Reben geschlüpft waren und wir sie nackt und verletzlich gesehen hatten.

Über mir kreist ein Rotmilan, er schaut mir skeptisch zu, wie ich alles in den Garten schleppe. Grübelt über meine Fähigkeiten. Dass ich den Arbeiten hinterherhinke, weiss ich auch. Die restliche Vogelschar verharrt reglos in der Eibe.

Der grosse Rechen steht noch genauso an die Wand gelehnt, wie du ihn zurückgelassen hast. Ein letztes Mal berührt. Wie auch das Pflanzholz, die Sense, der Spaten, das Erdsieb, die Schuffel, alle diese Dinge an ihrem rechten Platz. Von deiner warmen Hand zurückgelassen, hier.

Mit dem Vorschlaghammer in meiner Hand folge ich den Spuren durch den Hauch von Schnee, der sich über das schlafende Gras gelegt hat, Spuren, die niemand anderer gesetzt hat als ich, und ich versuche, den Aufruhr in mir niederzuringen. Deine tiefe Ruhe, die in all deinen Bewegungen lag. Sie war wie eine Bürgschaft, die die Rechtmässigkeit einer jeden deiner Handlungen bekräftigte, eine Garantie, dass am Ende alles gut sein würde. Man musste dich nur machen lassen.

Dumpf wirft die Scheunenwand die Schläge zurück. Ich lege so viel Ruhe, wie mir möglich ist, in meine Bewegungen. Ich vollbringe mit Bestimmtheit mein Werk. Damit er sieht, von wem ich gelernt habe, obgleich bescheiden, der wachsame Milan über mir. Damit er erkennt, wie viele Jahre, Jahr für Jahr, ich dir dabei vom Wohnzimmerfenster aus zugeschaut habe, die Tasse Milchtee in der Hand, das Salz des Getränks an den Lippen. Immer rechtzeitig warst du, vor dem ersten Schnee.

Zum Schluss ziehe ich die grosse Schraube an. Befülle die Plattform. Schliesslich steht das Vogelfutterhäuschen. Mein Kopf ist schräg gelegt wie der des Rotmilans, der noch immer über mir kreist und jetzt sieht und weiss: Ich habe alles richtig gemacht.

Das geschindelte Vogelhausdach hast du letztes Jahr noch ausgebessert, es sieht wie ein Flickenteppich aus. Ich erkenne die Reste, jedes einzelne Stück, spekuliere über seine Herkunft. Ahne beim einen oder anderen, wo du sein Bruder- oder Schwesterstück eingepasst hast und welche Teile noch in der Schachtel über der Werkstatttür auf ihre angemessene Verwendung warten, die nun wohl nie erfolgen wird. Und als ich, wie du, den niedrigen grünen Beetzaun abrolle und ihn Meter für Meter in einer doppelt gewundenen Schleife um die Futterstelle mit den stabilen Eisenschlaufen im Boden verankere, weiss das auch der agile Orient. Und Okzident. Sie räkelt sich gespielt gleichgültig, aber auch sie weiss: Hier habe ich alles richtig gemacht.

Beim Wegräumen der Werkzeuge fällt mein Blick auf die Richtschnur, die locker gespannt das geplante Beet bezeichnet, das du für die Erdbeeren auserkoren hast im oberen Teil des Gartens, weil ihr altes Beet ausgelaugt und müde ist. Eine der Arbeiten, die du nicht mehr hast vollenden können – du hast nie nur an einer Sache gewerkelt –, das Beet war erst halb umgegraben, als du über die Anzeichen gesprochen hattest, ein erstes ehrliches Mal.

Aber, hadere ich, und dieses Hadern lässt den Garten verschwimmen, wenn ich das jetzt für dich zu Ende bringe, störe ich die Würmer, die schon längst in tiefere Erdschichten umgezogen sind, und bringe sie mit meinen Schaufelbewegungen nach oben, wo der Boden gefroren ist und wo sie sterben.

Das Bild des Gartens wird wieder scharf, als ich beschliesse, es sein zu lassen. Erdbeeren könnte ich jetzt ohnehin nicht setzen. Du hättest es auch aufgeschoben. Erdbeeren setzt man im Frühling, du hättest das ohne nachzudenken gewusst.

«Wer geht denn schon gleich zum Arzt», hast du geantwortet, «nur, weil er einen Tag lang Unkraut ausgerissen hat. Wer will denn gleich zum Arzt», du hast gelacht, «wegen dem bisschen Schulterweh?»

«Du hast aber nicht auf deine Schulter gezeigt», versuchte ich damals – ohne noch einmal von meinem Buch aufzuschauen –, dich umzustimmen. Ärzte seien heute nur mehr Mediziner, so dein abschliessendes Verdikt.

Ruhezeiten kannten wir beide kaum, und als du mich endlich dazu gebracht hattest, meine zu geniessen, bin ich unachtsam geworden.

Mit einem Klick verriegle ich die Tür zum alten Schuppen. Das frisch gewaschene Schaffell auf dem Holzstuhl harrt in Erwartung einer nächsten fremden Katze. Immer wieder hat irgendeine ausgesetzte, abgehetzte, alte oder sieche Katze bei uns überwintert. Immer wieder ist eine von ihnen geblieben. «Wir wohnen in einer Gegend, von der Fremde glauben, sie könnten hier alles Unliebsame entsorgen», sagtest du einst. «Aber dieses Unliebsame sucht sich jemanden, der da ist und der es sieht. Diese Fremden täuschen sich. Sie rechnen nicht mit einem Menschen wie dir.»

Ein letztes Mal für heute, ich weiss es, gehe ich quer durch den Garten in meiner eigenen Spur. Ich gehe vorbei am Liegestuhl, auf dem unter dem Schleier aus Schnee das Grün des Moosbarts leuchtet und wo mir ein archaischer Kehllaut in die Ohren dringt, der aus meinem eigenen Mund kommt, nur kurz, vorbei an der erfolgreich aufgebauten Vogelfutterstelle und zurück auf das schweigende Haus zu, dessen Kamin, gleich wie die Kamine der anderen, unablässig weissen Rauch in einen bleichen Himmel stösst.

In einer berückenden Choreografie

Elisa zog sich seine Kappe tiefer über die Ohren. Auf Jakobs Haar sammelte sich Schnee, während er erzählte. Von den Jahren im Ausland, sein halbes Berufsleben lang, in der kältesten Hauptstadt der Welt. Dann in der höchsten, in der am weitesten entlegenen, der heissesten auch, überall hat er Kinder operiert, selbstverwaltete medizinische Projekte in Steppendörfern angestossen, Hebammen in Berggebieten ausgebildet, angehende Ärzte und Ärztinnen in Wüsten ermuntert. Irgendwie hatte er in dieser Zeit der Liebe entsagt, der körperlichen; er wusste, er würde nicht ewig bleiben, und eine Nomadin in ein Haus zu verpflanzen, erschien ihm unerträglich. Und jetzt fand er sich einer Städterin gegenüber, die nichts als da kleben bleiben wollte, wo sie das Schicksal hingestellt hatte.

«Wenn du mich dann doch wieder einmal bei mir zu Hause im Land der tausend Apfelbäume besuchst, koche ich dir gesalzenen Milchtee. Ich bin mir sicher, du wirst ihn mögen.»

In ihrer leicht konfusen Art strich Elisa ihm über den Arm. Es hätte eine lockere Geste sein wollen.

Er sagte: «Ich weiss schon, man kann den Hund nicht zum Jagen tragen.»

Der Schnee knirschte unter ihren Füssen. Obwohl seine Beine so viel länger als ihre waren, gingen sie in Übereinstimmung. Der von gebrochenem Licht beleuchtete Winterweg führte sie durch den nahen Stadtwald. Die Luft war wie von sämtlichen Gerüchen gereinigt und Elisas Atem floss frei.

Elisa setzte an, und sie versuchte, nicht kläglich zu klingen dabei: «Mein Glaube an die Liebe ist mit meiner Scheidung gestorben...»

«Dieses Argument verfängt nicht.» Und, im Gegensatz zu ihr, fand er, dass ihre Ausrede mittlerweile abgenutzt war. «Der Pfiff an der Sache wäre doch: Du kannst es dir vorher anschauen. Du kannst bei mir Probe wohnen, mit Rücktrittsgarantie. Du kannst bequem und ohne Bedrängnis erkennen, was du brauchst und was du willst. Ob du uns willst.»

«Gottsträflicher Blödsinn!» Elisa lachte. «Du versuchst nur, dein eigenes Verlangen nach einer Partnerschaft zu einer annehmbaren Sache aufzupolieren.»

«Was wäre falsch daran? In meinem Alter.»

Wie vom Donner gerührt blieben beide stehen. Der Zauber des Augenblicks war überwältigend. Aufgeschreckt durch die Menschenstimmen sprangen in einer berückenden Choreografie drei Ricken über die Lichtung. Kurz bevor sie den gegenüberliegenden Waldrand erreichten, hielten sie inne; die vorderste Ricke drehte sich nach den beiden Menschen um, ihre dunkel geränderten Lauscher aufgestellt, manifest gewordene Aufmerksamkeit, die Hinterläufe zittrig gespannt. Nichts, aber auch gar nichts hatte auf die Ricken hingewiesen. Ein einziger grosser Satz, dann waren die drei im Unterholz verschwunden, das Flackern ihrer Spiegel hinterliess einen letzten Eindruck von Verletzlichkeit.

Jakob hatte nichts gesagt, Elisa auch nicht. Schweigend versanken sie in der Umarmung des anderen. Keiner von ihnen hätte zu erklären vermocht, wie lange sie so standen, aber als sie ihre Umklammerung vorsichtig lösten, nur so viel, dass sie einander das Gesicht zuwenden konnten, sah Elisa ihre tot geglaubte Hoffnung an die Liebe in Jakobs Augen leuchten.

Die Nacht hat überraschend Schnee gebracht. Ich habe nichts gehört, die Flocken sind still und ohne dass sie ein Wind vor sich hergeschoben hätte vom Himmel getrudelt. Ich habe nichts bemerkt, ich habe tief und fest geschlafen.

Der erste Winter, in dem dein verlässlich warmer Körper nicht mehr in Handausstrecknähe neben mir liegt. Ein weiterer Morgen mit dem Echo ihrer Stimme im Ohr, die mich so verletzt hat im Hospiz, obwohl sie es gut meinte, deine Schwester, das weiss ich; obwohl sie mich nur auf etwas vorbereiten wollte, das sie selbst schon durchgemacht hatte, den Aufprall mildern wollte, im sicheren Wissen, dass ich ab einem bestimmten Zeitpunkt null immer wieder neu aufprallen würde, jedes Mal, wenn ich die Augen öffne. Jetzt.

«Aber du warst nicht ahnungslos, du hast es gewusst, als du dich auf ihn eingelassen hast. Jakob hat es dir nicht verschwiegen. Es war dir ganz bekannt.»

«Ja, schon.»

»Zudem ist er älter als du, und Männer sterben nun einmal früher.»

«Aber der Tod ist nicht ausrechenbar!»

«Er hatte eine geringere Lebenserwartung als du.»

«Er ging ja nicht zum Arzt!»

«Hast du allen Ernstes angenommen, ihr sterbt dann einmal friedlich nebeneinander, Hand in Hand?»

«Aber ...»

«Er ging nicht zum Arzt, weil er selber Arzt war. Weil er ganz genau wusste, was ihm bevorstand, und weil er lieber leben wollte, solange es ging. Mit dir. Der Deal war klar, Elisa.»

«Aber ...»

«Ein Wunder, dass ihr überhaupt so viele Jahre hattet.» Und dann fügte sie an, versöhnlich, und das war das Schlimmste daran: «Nun, vielleicht schafft er es ja noch einmal eine Runde. Einen weiteren Tag für dich, oder zwei.»

Du hättest die Unordnung im Haus nicht lange ausgehalten. Entschieden räume ich die Beileidsbekundungen in eine Schachtel und trage sie auf den Dachboden. Dann heize ich den Ofen ein und überlege, was ich frühstücken soll. Ich überlege sehr, sehr lange.

Als ich in den Keller gehe, um das Feuerholz für den nächsten Tag bereitzulegen, sehe ich die Einmachgläser und weiss nicht, in welches Verlies ich heute meine aufkeimende Hoffnungslosigkeit zurückdrängen soll. Gläser, randvoll mit Erinnerung an dich. Dem Willen, nicht verloren zu gehen. Da zu sein für mich. Mit beiden Händen stütze ich mich auf der Tiefkühltruhe ab. Ich weiss nicht, wie lange es dauert, aber dann höre ich draussen ihren Wagen. Das röhrende, kratzige Aushusten eines Motors, der abgewürgt wird.

Stur zähle ich die Gläser durch. Und noch einmal. Wieder und wieder und neu. Das beharrliche Studium deiner Sorgfalt gibt mir allmählich den Boden unter meinen Füssen zurück. Ich habe die Gläser im Kopf durchnummeriert, ihre Anzahl merke ich mir nicht.

Du hast sie gern sortiert. Zuoberst die Konfitüren. Dann das Mus. Die Chutneys. Daran anschliessend die süss-sauer eingelegten Gemüse, die Salatgurkenstückchen, die Kürbisschnitze, und unten die exotischen Sachen, Zucchini orientalischer Art, Auberginenkompott als letztes Experiment.

Draussen wird der Motor angeworfen. Dann zeigt mir das Rauschen der Reifen auf Kies an, dass der Wagen fährt, dass sie wieder geht.

Der Keller gewinnt seine Konturen zurück. Ich bin jetzt sogar dazu imstande, zu den Weinflaschen zu schauen, zu den ersten Aufbewahrungsdreiecken, die du zwischen den Ziegelsäulen, welche die Gewölbedecke stützen, eingefügt hast. Zwei Dreiecke und je eines dazwischen auf dem Kopf, links und rechts ein halbes. In jedes Dreiecksfach passen fünfzehn Flaschen, unten fünf, dann vier, dann drei, dann zwei, dann eine; dieser Weinkeller war dein ewiger Traum, ihn auszubauen dein Plan für kommende Jahre.

Das Zwetschgenmus ist doch gut geworden, möchte ich dir sagen. Mit der Idee, das gefüllte Glas oben mit Zwetschgenschnaps abzuschliessen, hattest du recht.

Ich schaffe eine halbe Scheibe Brot und bin froh, dass ich zu dieser Handlung fähig bin. Nahrungszufuhr – heute eine Herkulesarbeit. Die Tasse Tee in der Hand schaue ich aus dem Wohnzimmerfenster und sehe den Vögeln bei ihrem Festmahl zu, sie picken viele bunte Körner. Ich weiss nicht, ob ich mich irre, aber sie sehen friedlich aus. Als ob eine für Menschen unsichtbare Ordnung ihre Bewegungen lenkte. Und über allen der Rotmilan, der auf sein Fleischstückchen wartet, das ich ihm aufs Vordach des neuen Schuppens werfen will.

Schnee klebt auf den Kupferkabeln der Telefonleitung. Es ist im Haus oft lange still. Dich hat diese Lautlosigkeit nie gestört. Du hattest Ohren für die kleinen Geräusche. Jedes Mal wenn du aus dem Garten kamst, hast du mir berichtet, was er dir erzählt. Nur die Spitzmäuse hörtest du nicht, die Orient ins Haus verfrachtete und wieder laufen liess, das empörte Trillern, wenn sie sich gegen seine Spielversuche wehrten. Eine Frequenz, auf der deine Ohren taub waren.

Ich horche. Von oben glaube ich das Schnarchen von Okzident zu hören. Seit sie einen gewissen Umfang überschritten hat, scheint sie mit den Atemwegen Mühe zu haben. Ich weiss, ich muss diesen Gedanken jetzt verscheuchen.

Ich muss, wenn ich das hier überleben will, mehr als nur ein halbes Stück Brot mit Zwetschgenmus zu mir nehmen. Ich muss in den Garten und den Lauch, die Karotten, den Stangensellerie ernten, Gemüse einkochen, das du für uns gepflanzt hast, oder roh essen, muss den Kreislauf von Nahrungsmittelzufuhr, Verdauung und Ausscheidung in Gang setzen, weitermachen ohne dich.

In der Küche nimmt mir deine Abwesenheit erneut den Atem. Also ziehe ich die warmen Schuhe an, deinen dicken Mantel, weiches Yakfellfutter streicht über mein Nachthemd, und so stapfe ich hinaus in den verschneiten Garten zu den Karotten, dem Sellerie, dem Lauch. Hier werde ich dich sicher finden, hier wird immer etwas von dir sein.

Ein elementares Prinzip

Der Winter war die Zeit, in der Jakob Arbeiten am und im Haus verrichtete. Schleifen, Hämmern, Klopfen kamen als begleitende Geräusche, und diesen Geräuschen entnahm Elisa, wo sie ihn finden würde, wenn sie ihn brauchte.

Sie traf ihn in der Werkstatt. Er hatte eine Schweissermaske auf. Das Bücherregal verlangte nach einer Erweiterung, seit sie zu ihm gezogen war, und weil Lächeln für Jakob kein Luxus war, schob er den Schutzschirm nach oben.

«Ich könnte den Sturmbruch draussen zusammenfegen», sagte sie.

«Den Sturmbruch.»

Sie spürte, wie sich ihr Gesicht mit Röte überzog. Den

Begriff hatte sie sich aus einem Buch über Gartenbau angelesen, das sie in Jakobs Bibliothek aufs Geratewohl aus einem Bücherberg gezogen hatte. Sie murmelte: «Bruchhölzchen und Stöckchen.»

«Das könntest du in der Tat.»

Und weil sie sich doch nicht bewegte, lächelte er erneut, eine Hand abgestützt auf dem Knie.

«Geht der Wind hier immer so stark?»

«Wie meinst du das?»

«Na ja, er hat ganz schön viel kaputt gemacht.»

Jakob rieb sich mit dem Handgelenk an der Wange. «Ah, das. Die Natur verfolgt stets verschiedene Ziele zur selben Zeit.»

Elisa zuckte die Achseln und griff sich ein paar Handschuhe aus der Schublade.

Vor dem Haus kam ihr der Siam-Mix Hugo entgegengetrabt. Weiss dampfende Tröpfchen an seinem Kinn verrieten ihn – hatte er sich also wieder in einem der Nachbarställe gütlich getan. So wie Elisa sich durch tägliche Hausarbeit die Masse der einzelnen Zimmer vertraut machte, erforschte Hugo sein neu gewonnenes Reich. Nicht selten mit einer der beiden grauen Zwillingskatzen, Shadow oder Dawn, im Schlepp. Seit der Hühnerdraht um ihre Welt verschwunden war, war für die drei Katzen ein elementares Prinzip wiederhergestellt. Hugo kartografierte pfötchenweise die Planquadrate seiner Freiheit und wirkte regelrecht berauscht.

Als er die Bedeutung von Elisas Auswahl an Gerätschaften begriff, machte Hugo einen Sprung zur Seite. Aus sicherem Abstand, aus der Deckung des Haselgebüschs, schaute er ihr zu. Sie begann, mit den Zinken der Harke die abgebrochenen Äste zusammenzukämmen.

Für die Rindenbruchstücke nahm sie die ausladenden Fächerzähne des Laubrechens zu Hilfe; dabei wollte sie Hugo zublinzeln, aber niemand konnte so schön an einem vorbeischauen wie eine selbstbewusste Katze in einem Haselbusch.

Den Heurechen hatte sie umsonst vom Schuppen heraufgeschleppt. Nächstes Mal wüsste sie es besser.

Ein Wust von Zeit, wie ihr schien, verging, bis Jakobs Hand sich auf ihrer Schulter niederliess, der Beginn eines Rituals zwischen ihnen. Hochzufrieden mit ihrem Werk zeigte sie ihm die verschiedenen Stapel und Haufen, die sie zusammengetragen hatte. «Kann man das brauchen?»

«Kann man.»

So vieles hatte sie in der kurzen Zeit, da sie nun bei Jakob wohnte, schon gelernt: Das feuchte Laub kam in die Grube, wo es vermodern und zu Erde werden konnte, die neuen Keimlingen Nahrung bot. Die Bruchstücke von Hasel, Mehlbeere und Holunder gäben, ordentlich getrocknet, gut riechendes Anfeuerungsmaterial für den Schwenkgrill des Dreibeins im Garten. Sie probierte, beobachtete und zog ihre Schlüsse daraus; das Lernen, merkte sie, führte sie in eine neue Gegenwärtigkeit.

In angenehmer Anstrengung schichtete sie an der südlichen Aussengrenze des Gartens aus Schnitt- und Totholz den Haufen für das Kleinwild neu. Ihr Atem strömte durch die leicht geöffneten Lippen, als sie kleine Unterschlüpfe für die Igel oder andere Tiere, die einen sicheren Winkel in der kalten Jahreszeit benötigten, baute. Wer auch immer einziehen und überwintern wollte, hier bekam er gratis ein Heim.

Aus den Baumkronen über ihr klang der Begeisterungslärm der Vögel. Jakob befüllte das Vogelfutterhäuschen, bevor er zu Elisa ans andere Ende des Gartens kam. Elisa blinzelte ihm träg entgegen. Auf ihrer Stirn Schweisströpfchen, Schmutz vielleicht auch. Als er bei ihr anlangte, betrachtete er sie. «Du denkst noch immer viel über ihn nach.»

«Nicht so sehr über ihn. Aber über die gewaltige Lüge, die er in mein Leben gebracht hat und die wir nach aussen hin immer wieder neu umlügen mussten.» Und dann sagte sie: «Ich kann es mittlerweile akzeptieren, aber verstehen kann ich es nicht.» Elisa entsorgte einen vermeintlich letzten Seufzer in dieser Sache mit einer Handbewegung. Und fast unhörbar sagte sie: «Die Wahrheit hat immer bei Fuss gewartet. Ich musste nur wagen, den Kopf zu wenden und hinzuschauen, du hattest damit recht.»

Jakob war anzusehen, dass er überlegte. Dann sagte er: «Nun, da dies geschafft ist, wollen wir doch einmal schauen, womit wir unsere Gaumen am ehesten verwöhnen könnten.» So schlenderten sie Hand in Hand den Hang hinauf ins Haus und in die Speis, wie er den Vorratsraum im einhundertfünfzigjährigen Gewölbekeller liebevoll nannte. «Meine Städterin sieht heute nämlich ganz schön hungrig aus.»

FRÜHLING

Anfangs ist es nur ein bauchiges Fauchen. Dann dringen dumpfe Geräusche und spitze Schreie an mein Ohr, und ich begreife, dass draussen im Garten etwas nicht in Ordnung ist.

Mein Gehör kann ich – anders als meine Augen – nicht verschliessen, also richte ich mich auf und setze nacheinander beide Füsse auf den Holzboden, wo sich die Fusssohlen mit der Kälte abfinden müssen.

Spätestens heute hättest du dich ihm zugewandt. Mit dem Werkzeugkasten und dem Kissen für die Knie hättest du dich auf den Boden gesetzt und wärst der Ursache für die Dienstverweigerung des Schlafzimmerheizkörpers auf den Grund gegangen. Aber ich habe keine Ahnung, wie man so etwas macht, und ich habe auch kein Feuerholz mehr, und der Öltank ist beinahe leer. Also bleibt mir nichts anderes übrig, als zu warten, bis mir meine Knöchel das Signal geben, dass ich ihnen trauen kann, und mich dann ganz vom Bett abzustossen. Auf dass ich in den neuen Tag gelange, der jetzt Zeter und Mordio bellt, knurrt und hustet. Was ist da draussen los?

Vor dem Gartenhäuschen zwei gesträubte Katzenfelle, blitzschnell erhobene Tatzen, schwarz und gelb, halten einen mageren Fuchs in Schach. Der versucht, nach links auszubrechen, aber die Katzen sind schneller, drängen ihn weit unter das Vordach des Schuppens zurück. Rechts ausbrechen? Schon ist eine Tatze in der Luft; der Fuchs schrumpft in sich zusammen. Baut sich sogleich erneut auf, er wirkt wenig überzeugt, er hechelt, keckert – und plötzlich ist da eine dritte Katze. Sie kommt unter der Eibe hervor und auf den Fuchs zugerobbt – die Schmutzspuren auf dem Schaffell, das für die Streuner bereitliegt! Geduckt und gefährlich bietet sie sich meinen Katzen als Verstärkung an. Eine Schildpatt. Ihr eines Auge tränt.

Ich warte in sicherem Abstand, vor Kälte schlotternd, meinen Körper mit den Armen umschlungen, und schaue den vier Tieren im Garten zu, wie sie das Aufenthaltsrecht untereinander klären.

Endlich wagt der magere Fuchs einen gewaltigen Sprung; ich weiss nicht, ob ihn Orients Krallen nicht doch noch am Bauch erwischt haben. Der Fuchs saust davon, schnurstracks dem Wald entgegen. Obwohl ich friere – ich bin ohne deinen Mantel und nur im Nachthemd barfuss in deinen alten Filzüberschuhen nach draussen geeilt –, warte ich weiter.

Die Schildpatt fixiert mich. Mit aller Kraft will etwas in mir, dass sie bleibt. Abwägend, mit vor- und zurückzuckenden Ohren, verfolgt sie mein Tun. Beobachtet, wie Orient und Okzident Streicheleinheiten bei mir abholen, der schlotternden schmalen Frau. Hört Lob. Vielleicht zum ersten Mal in ihrem Leben. Vielleicht als Echo einer verlorenen Vergangenheit.

Dann ist es entschieden. Sie setzt sich hin und beginnt damit, ihr Fell zu pflegen. Ich werde Schildpatt Futter nach draussen bringen, ein Schälchen Frischfleisch, keine Büchse. Spätestens um vier kommt der grün bemalte BioBus vorbei. Das umgebaute Wohnmobil kursiert seit knapp einem Jahr durch abgelegene Weiler und bietet Käse, Brot, Aufschnitt, Gemüse, Toilettenpapier, Lebenserhaltendes an.

Ich bin dankbar, dass du den BioBus noch miterlebt hast. Und während ich das denke, denke ich auch, diese Katze wirst du nie miterleben, wirst sie nie kennenlernen und sehen, wie sie gemeinsam mit den anderen durch den Garten tollt. Du wirst nie wissen, dass ich sie Schildpatt nenne und damit weiterführe, was wir von Anfang an so gehalten haben: den Zugelaufenen ihre Färbung zum Namen geben, weil wir ihren wahren Namen nicht erfahren.

Bald, und mein Hals wird eng, werde ich den BioBus-Fahrer nach seinem Namen fragen und damit etwas für dich zu Ende bringen, das dir wichtig war. Das sowohl du als auch ich immer wieder aufgeschoben haben. Bald.

Das Umblättern der Kalenderseiten scheint mir eine überflüssige Handlung zu sein. Es erscheint mir sinnlos, da es mich von dir wegdriften lässt. Ich habe heiss geduscht, mir die Haare gewaschen, frische Kleidung angezogen, getan, was dieser Morgen von mir verlangt. Aber Trauer verläuft nicht in geregelten Bahnen. Trauer kennt keinen Massstab und kein Mass. Indem ich das Kalenderblatt wende – es ist der Kalender, den uns deine Schwester geschenkt hat, einer mit Bildern von alten Apfelsorten –, fordere ich mein Denken auf, den Zeitenlauf anzuerkennen. Aber mein Denken ist aus diesem Zeitenlauf hinausgefallen. Ich bin aus der Zeit gefallen, ein Boot, das vom Kurs abgekommen ist, vom Radar verschwunden, und genauso, wie sich mein Schattendasein auf keiner Farbpalette findet, wie es auf keiner einzigen Tonleiter der Welt einen passenden Klang für meinen Verlust geben kann, es überhaupt nichts Vergleichbares gibt, das mich jetzt in meinem Dasein ohne dich verstehen würde, genauso bin ich doch hier und lebe. Ein Paradox.

Das Telefon klingelt.

Jetzt ist es wieder still.

Am meisten fehlst du mir ausser im Geruch, der sich in alles Leben mischte, in Klängen. Deine Schritte, wenn du in einem Zimmer hin und her gingst. Das Sprudeln des Wassers zwischen deinen gartenbraunen Fingern, bevor du mit dem Kochen begannst. Dein Pfiff, mit dem du unsere Katzen aus jeder noch so weit entfernten Ecke zu dir riefst. Dein Glucksen, wenn du zufrieden warst. Aber auch dein Moment der Stille vor jedem Glück. In dieser Stille am allermeisten.

Ich bin froh, dass deine Schwester bei ihren regelmässigen Anrufen keine Nachricht auf unseren Anrufbeantworter spricht. Vielleicht sind es diese Geräusche, die mich darin unterstützen zu erkennen, in welcher Lage ich bin. Das Piepen im stillen Raum.

Geräusche helfen mir, mich zurechtzufinden in der Leere, die du zurückgelassen hast, und ich weiss, dass du von mir erwartest, dass ich sie mit Licht und Farbe, Sinn und Klang neu fülle.

Eine unordentliche flaumige Masse in einem perfekten Nest

Der Himmel war überwältigend: Gelb mischte sich in das Hellblau des Abends, dichte Wolkenschiffe schlierten, und die gesamte Weite des Alpenkranzes prangte unter dem Schauspiel dieses Lichts; das Scheingefecht zwischen übermütigem Tag und heranpirschender Nacht begann.

Elisa stand sicher in der Schräge des kleinen Weinbergs, das eine Knie angewinkelt. Sie stand stabil und fühlte sich angekommen in ihrem neuen Leben. Und nachdem ihr Jakob geduldig erklärt hatte, welche Arbeiten im Weinberg warteten, hatte sie darauf bestanden, mit Rebschere und Handschuhen ausgestattet so lange zu werkeln, bis aus allem, was am Himmel gelb und hell und golden war, rosa, orange und schliesslich ein namenloses Farbgemisch werden würde, kurz bevor es in Dunkelheit versank. Das Zwielicht der Abenddämmerung, entre chien et loup – zwischen Hund und Wolf –, wie Jakob dazu sagte.

Die Laubarbeiten nahmen ihre gesamte Konzentration in Anspruch. Keinen der tragenden Zweige wollte sie verletzen, wenn sie beim Ausgeizen mit dem Fingernagel die Jungtriebe aus den Nebenaugen knipste und überflüssige Wasserschosse aus dem Gewächs ausbrach. Rebstock für Rebstock lichtete sie die Blattmasse und heftete Zweige mit Draht an Stickel, verzwirbelte andere Zweiglein miteinander, elastisch und fest.

Kürzlich hatte Jakob eine Sitzwarte für Greifvögel errichtet. Ein Rotmilan hockte dort und putzte sein Gefieder. Elisa wusste, dass er sie beobachtete. Hin und wieder berührten ihre Finger die Blütenknospen der Gescheine. Ein Strom von zärtlichen Gefühlen flutete sie, und Adrenalin. Auf keinen Fall wollte Elisa auch nur eine dieser zartgliedrigen und so lebenshungrigen Knospen verletzen.

Stolz zählte sie die Reihen, die sie schon geschafft hatte, und während sie unten am Hang zugange war, kümmerte sich Jakob um das Abendessen oben im Haus.

Nach und nach fühlte sie so in sich auch den eigenen Willen und ihr erfolgreiches Bemühen, Vergangenes vergangen sein zu lassen. Dem Neuen Platz, Weite und Raum zu geben, gewann an Kraft. Was einst gewesen war, war nicht mehr und war auch nicht mehr wichtig.

Bei der Arbeit in den Reben fand sie Klarheit. Und sie spürte eine Dankbarkeit für diese Aufgabe, die in eine Zukunft wies, von der Elisa wollte, dass sie gelang. Sie hatte Jakob im Sommer ihres Lebens kennengelernt, als er bereits im Licht seines Herbstes stand.

Es dauerte zwei, drei Augenblicke, bis sich der neue visuelle Reiz den Weg in ihr Gehirn bahnte: Weniger als eine Fingernagellänge von ihren Händen entfernt drängte sich im letzten Licht des Abends eine unordentliche flaumige Masse in einem perfekten Nest. Elisa erkannte in dem rot und grau schimmernden Gewebe einzelne Köpfe, einen Schnabel, und das, was so übermässig gross, schwarz und rund war, war ein noch geschlossenes Vogelauge. Allmählich schälten sich Strukturen heraus. Da! Ein hauchdünner Flügel. Dort! Ein weiteres Köpfchen. Hier das helle Horn, Andeutung eines Schnäbelchens. Nichts regte sich. Der gesamte Klumpen lag still – tot? – zwischen knospenden Trauben.

Vorsichtig liess Elisa das Blattwerk zurückfedern. Diese Wasserschosse würde sie stehen lassen. Wenn die Vögelchen noch am Leben waren, sollte nichts und niemand ihr Heranwachsen stören.

Es kostete sie Überwindung, die Rebreihe geduldig fertig zu bearbeiten, bis sie endlich den Hang erklomm und zu Jakob ins Haus gehen konnte, um ihm von ihrer Entdeckung zu berichten.

In den folgenden Tagen ging sie immer wieder in die Reben und schaute leise nach. Nach einer Woche endlich stellte sie begeistert fest, dass die Nestlinge lebten und von ihren Eltern gefüttert wurden. Jakob identifizierte sie als Grünfinken und sagte: «Nicht mehr lang, und du wirst sie als Flugschüler in der Luft beobachten können. Halt einfach die Katzen fern, Flugschüler sind gefährdet.»

Es war das erste Jahr von mehreren, in denen in Jakobs und Elisas Reben Grünfinken nisteten. Das erste Jahr, in dem sie die Katzen für vierzehn Tage mit einem Gartenverbot belegten. Elisa hatte in Jakobs Werkstatt Kisten aufgestellt und mit Sand befüllt und in grimmiger Zuversicht gehofft. Bis sie es einsah, dass die Katzen aus Protest gegen diese Behandlung die Sandkisten ignorierten. Seither suchte sie täglich die Ecken von Jakobs Werkstatt ab, um Lachen aufzuwischen und Häufchen mit einem Schäufelchen zusammenzukehren, den Putzeimer in der Hand. Der Vogelbrut zuliebe. Sie nahm es summend hin.

Der Frühling offenbart, was im Winter zu Bruch gegangen ist. Die Verbene-Staude ist erfroren, obwohl du sie in Vlies gepackt hattest. Aus den Trockenmauern hat die Kälte Steine herausgesprengt. Und mehr als in anderen Jahren sind dem Nussbaum Äste abgestorben, die nun abgebrochen wie ein zerzauster Trauerkranz um seinen Stamm am Boden liegen. Ich fühle mich hin- und hergerissen zwischen dem Baum und den drei der sieben terrassierten Beete, die du nicht hast zu Ende umpflügen können, eines davon im oberen Teil des Gartens: das abgesteckte Erdbeerbeet.

Eine komplizierte Berechnung beginnt. Ich bin das schon gewohnt und warte, bis mir mein Gehirn die Erfolgsaussichten einer jeden Unternehmung mitteilt, damit ich mich entscheiden kann. Wie viel darf ich mir heute zutrauen? Seit du nicht mehr bei mir bist, wähle ich den Weg des geringsten Widerstands. Die Leiter nehmen und Äste aus dem Nussbaum schneiden, seine tropfenden Wunden ertragen? Die Verbene-Staude ausgraben, eine neue kaufen und pflanzen? Mich um die unaufgeräumten drei Beete kümmern? Was davon soll ich heute tun?

Mit deiner dir eigenen Zuversicht hattest du mir etwas geschenkt, was ich einst für alle Zeit verloren geglaubt hatte:

Vertrauen in mich selbst. Ich weiss nicht, ob mir dein Tod nicht auch das genommen hat.

Ich stehe hier, und beim Gedanken an einen tränenden Nussbaum drohe ich abzugleiten. Oder sind es die beim Einkauf zu befürchtenden Trostversuche, die gut gemeinten Ratschläge und Blicke von anderen Witwen, solchen mit Leidensvorsprung? Oder ist es die Aussicht auf ein kurzes Gespräch mit dem Staudengärtner Niklas, der mir jeweils beharrlich zuwinkt, wenn sein Wagen im Dorf unten meinen kreuzt? Was davon hätte die Macht, in mir einen Weinkrampf auszulösen? Was? Ist es mein dringendes Bedürfnis, allen, die es nicht wissen, erklären zu müssen, dass mein geliebter Mann verstorben ist? Jakob ist tot.

Aber Erdbeeren, höre ich mich denken, Erdbeeren wären mir doch das Liebste.

Ich fühle mich wund und aufgeraut, als ich im neuen Schuppen den Sauzahn vom obersten Haken hole. Ihn mussten wir ganz besonders schützen in dem Jahr, als die Ziegen zu uns kamen. Wir haben nie herausgefunden, was sie an diesem Werkzeug so faszinierte. Die zarten Bissspuren im Holzgriff und vor allem das zerbrochene Fensterkreuz, aus morschem Holz zwar, ja, und ohne Scheibe, das auch, aber dennoch, das zerbrochene und weggedrückte Fensterkreuz zeugen noch heute beim alten Schuppen von einer Anziehungskraft, die keine Grenzen kannte. Wir haben diese Anziehungskraft nie ganz verstanden. War es der eingewirkte Schweiss einer arbeitenden Hand, die diesen Holzgriff dermassen verführerisch für die Ziegen machte?

Es stimmt nicht, dass Verlangen geringer wird, wenn einem das Objekt der Begierde genommen ist. Es ist falsch zu glauben, man gewöhne sich an Verlust. Dass die Zeit alle Wunden heilt, ist schlicht nicht wahr. Es ist gelogen. Wieder hadere ich.

Mit Baumharz kann man die Trennwunden bei einem Nussbaum zupinseln, sodass es nicht mehr tropft. Man kann ihm aber den Ast, den er verloren hat, damit nicht ersetzen. Und seine Verletzung unter der Paste heilt nicht, sie wulstet nur. Und was ist besser – zupinseln oder so belassen?

Ich erinnere mich, wie du zu mir gesagt hast, Niedergeschlagenheit sei das Energiesparprogramm der Natur. «Kein Zweifel», sagtest du, und schon spürte ich deine Hand auf meiner Schulter. Die Beruhigung, die du mir immer wieder gabst.

Von dir lernte ich, wie man den Boden aushebt. Du brachtest mir die Erde nahe, ihren feuchten, groben Geruch, die körnigen, matschigen, sandigen Krümel unter meinen Nägeln, wenn ich wieder einmal ein paar Handschuhe bei der Arbeit ruinierte.

Ich sammle die Steine ein und lege sie auf einen Haufen, ich rupfe Unkraut und gebe es in den Korb. Die Sonne streichelt meinen Nacken. Von dir lernte ich, ein Loch gross genug zu graben, damit es einen Wurzelballen aufnehmen kann. Kein einzelnes Wurzelzünglein solle an der Wand alter, festgebackener Erde verzagen, hattest du erklärend gesagt.

Ich hacke das Erdbeerbeet schonend mit dem Sauzahn auf, gebe organischen Dünger in die Erde, durchmenge sie damit, lockere erneut und arbeite so den Dünger ein. Dir schaute ich auch das ab: jedem Setzling seinen Segenswunsch. Daran will ich nachher denken.

Mit dem Birkenbesen fege ich den Bruchplattenweg sauber, und während ich das tue, merke ich, dass sich schon längst Gedanken in meinen Kopf zwängen, die nichts mit dem zu tun haben, womit meine Hände beschäftigt sind, dem Vorbereiten des Erdbeerfelds, und ich spüre, dass sich in mir eine neue Entscheidung manifestiert: Ich werde heute, wenn ich die Erdbeersetzlinge einkaufe, doch noch einen Strauch in Niklas' Gärtnerei besorgen. Einen Schneeball möchte ich einpflanzen, dort, wo vorher die Verbene-Staude stand. An ihm werde ich erkennen können, wie die Jahre vorangehen. Wie das weitergeht, was ist.

Nichts ist mehr richtig, nichts stimmt noch, seit du nicht mehr bist, und ich weiss, ich muss dich gehen lassen. Aber dich gehen zu lassen bedeutet, ausgeweidet sein, zerstört und verheert.

Eine Seite fehlt, da, wo du an mir festgewachsen warst. Und wie der Nussbaum, der weint und weint, weine auch ich, und wenn ich auch vor allen Leuten weine, wenn ich diesen Schneeball hole, wenn ich ihnen auch wiederholt erklären muss, dass du mir gestorben bist, so hole ich ihn doch, ganz egal, ob Saison oder nicht, auf dass seine Wurzeln in unserem Garten Wege finden und mein Überlebenswillen irgendwann von Neuem greift.

Ich werde dieses Pflanzloch graben, tief und weit.

Das erneute Verdichten der Tragschicht

Der Ruf des Eichelhähers schickerte vom Waldrand zu ihnen herüber. Jakob schmunzelte. Demnach befanden sich Tiger und Gelbbrust auf der Jagd, die beiden Katzenneuzugänge des letzten Jahrs. Nachdem sie einen Winter Ruhe hatten und sich ihre eigenen Katzen nicht an fremde Streicher im Revier gewöhnen mussten, waren sie im Doppelpack angestrolcht gekommen. Es müsse da irgendwo eine Duftspur geben, die nur für ausgesetzte Katzen sichtbar sei und in gerader Linie zu ihrem Haus führe, war Jakob überzeugt.

Nicht lange, und er würde aufstehen und seinen Pfiff ausstossen. Jakob mochte nicht, wenn die Katzen Jagd auf Vögel machten: «In unserem Garten gibt's doch Mäuse, mehr als genug.»

Elisa und er verlegten seit dem frühen Morgen alte Pflastersteine. In konzentrischen Kreisen als enges Rund sollten sie einem restaurierten Gartentisch aus Gusseisen festen Grund verschaffen. Durch die unterschiedliche Grösse und Tönung der Steine entstand ein Muster, das sich in die Umgebung, Garten, Beete, Schuppen und Haus, einfügen würde. In der Mitte sollte eine Windrose für Orientierung sorgen.

Voller Enthusiasmus hatte Elisa Jakob nach draussen begleitet, kaum dass die Tasse mit Milchtee ausgetrunken war, nur um feststellen zu müssen, dass sie mit der eigentlichen Arbeit noch lange nicht beginnen konnten. Damit später keine Pfützen entstanden, vermass Jakob die Neigung der Fläche neu. Mit der Wasserwaage und schiefem Blick und mit einer Füsse scharrenden Elisa an seiner Seite.

Dann endlich, die Sonne stand schon hoch am Himmel, hoben sie das Bett aus und befüllten es mit dem Schotter-Sand-Gemisch, das Jakob aus der Grube besorgt hatte. Beim Verteilen prüften sie erneut das Gefälle. Anschliessend holte Jakob den Rüttler hervor und machte eine Menge Lärm.

Während er die Tragschicht verdichtete, klaubte Elisa abseits ein paar Frühkarotten aus der Erde. Missmutig wedelte sie mit einem Büschel. Dreck flog durch die Luft. Jakob lachte und wischte sich das Gesicht. Er hockte sich bequem hin und tätschelte als Einladung mit einer Hand die Erde. Sofort setzte sie sich neben ihn.

«Elisa.»

«Jakob.»

«Ich werd dir sagen, wie das ist.»

«Mir klar.»

«Im einen Jahr erntest du Riesenprotze von Karotten, im anderen kleine Stümper. So wie die.» Sein Finger zeigte auf die kümmerlichen, hellorange gefärbten Zipfelchen in ihrer Hand. «Oder nimm den Lauch: Zuweilen ertränkt er dich in seiner schieren Menge, ein andermal ist er von der Lauchmotte regelrecht besetzt. Du weisst nie, was du von der

Natur erwarten darfst. Aber alles, was du ihr in ihren Kreislauf zurückgibst, kann Ursprung sein für etwas Neues, das sie schafft. Und das ist grossartig. Selbst das kleinste bisschen. In der Natur geht nichts verloren, sie gibt es dir irgendwann immer mit vollen Händen zurück.» Und damit wischte er seine Handflächen aneinander sauber und stand auf. Nachdenklich legte er seinen Blick auf Elisas Waden, die von den Katzen umschmeichelt wurden. Sie blickte an sich herunter. In ihren Mundwinkeln kitzelte es schon.

Der nächste Schritt war das erneute Verdichten der Tragschicht. Nach und nach gab Elisa abwechselnd Material aus dem Beutel mit Brechsand oder jenem mit Edelsplitt bei.

«Noch einmal Verdichten, dann sind wir so weit. Ich weiss, du kannst es kaum erwarten.»

Während sie ihnen einen kleinen Imbiss zubereitete, dachte sie darüber nach, wie es ihm in seinem Leben gelungen war, im richtigen Moment die richtigen Entscheidungen zu treffen. Gerade noch rechtzeitig, so bemerkte er einst simpel, sei er zurückgekehrt. Habe dieses alte, verwitterte Haus auf dem Hügelzug hoch über der Thur gekauft. Habe sich eine neue Aufgabe gesucht und schliesslich: Habe sie gefunden, Elisa. Damit waren seine Sehnsüchte gestillt.

Elisas Träume aber waren noch lange nicht erfüllt. Sie spürte ein permanentes Drängen und wusste doch nicht, wohin es sie zog. Eine Anstellung war für sie wie die andere, gleichwohl, ob sie nun beim Grosshändler Flaschen einräumte oder Versandhaus-Retouren aufbügelte. Ob sie als Aushilfsverkäuferin Warensicherungsetiketten anbrachte oder im Café eines Altersheims Tische feucht abwischte. Wehmütig blickte sie durch das Wohnzimmerfenster in den Garten, wo sie seinen gebückten Rücken sah. Jakob hatte damit begonnen, erste Pflastersteine festzuklopfen. Das wollte sie nicht verpassen.

Sie wechselten sich ab beim Verlegen und Festklopfen; Richtschnur und Wasserwaage zur Hand grinste Jakob zufrieden, als er sich mit dem Handrücken über die Stirn strich und zum Wald hinübersah. Sie hörte, wie er etwas vor sich hin murmelte: «Wühlmäuse … mehr als genug.»

Als sie abends Hand in Hand vor ihrem Werk standen und staunten – hier und da prüfte Jakob vorsichtig einen der Steine mit seinem Fuss –, kam sie darauf zu sprechen, worüber sie seit einem Jahr geschwiegen hatte.

Sie sagte: «Für dich ist alles aufgegangen, Jakob.»
Seine Hand umschloss die ihre fester.
«Ich bin froh, wirklich froh für dich.»
Weil er glaubte, dass das allein nicht genügte, dass sie sich damit selbst klein machte, wiederholte er die Binsenweisheit vom Abend, der noch nicht für alle Tage gekommen sei. Das gelte auch für sie und ihre Wünsche. Elisa nickte tapfer. Sie fühlte sich plötzlich allein.

Heute bist du mir an drei Orten begegnet. Das erste Mal war im Laden der landwirtschaftlichen Genossenschaft. Ich sehe dich von hinten, deinen Rücken über ein biologisches Unkrautvernichtungsmittel gebeugt. Es ist dein Rücken, mein Herz springt, aber dann dreht sich doch ein anderer Mann aus diesem Rücken zu mir um, als wollte er fragen: «Was?»

Wie zornig du damals warst, als du zu Unkrautvernichtungsmittel greifen musstest. Wie empört über dich selbst. Man konnte tagelang nicht reden mit dir. So einer bin ich also, sagte dein Blick, deine Lippen blieben schmal.

Und jetzt der zweite Blick des fremden Mannes, als ob er sich vor mir und sich selbst schämte, nicht du zu sein.

Mittlerweile weiss ich, wie ich mich auffangen kann. Der Gedanke daran, andernfalls später zurückkehren zu müssen in die Landi, lässt es mich aushalten und trotz alledem die Dinge einkaufen, die ich am dringendsten will.

Die Hand von Trudi, die eine Sekunde zu lang auf meinem Arm liegen bleibt. Dann erinnert sie sich, sie ist die Verkäuferin und ich die Kundin, und sie zieht ihre Hand zurück.

Die Schlagzeile der Zeitschrift: *Was passiert im Gehirn bei Trauer?*

Das Piepen der Kasse, als Trudi das Magazin über den Scanner fährt. Die Bodenschwelle vor dem Laden, die sich noch immer nicht in mein sensorisches Gedächtnis eingeprägt hat. Mein leiser Fluch.

Im Auto habe ich mich wieder. Und dann, nur wenige Hundert Meter weiter vorn, stehst du an der Zapfsäule und tankst.

Du hast gewusst, wie man mich heil macht. Dass das geht. Auch als ich schrie und tobte, weil deine Schwester in unserem Haus das Regiment übernommen hatte und leinene Stoffwickel, Strampelanzüge, gehäkelte Lätzchen wegpackte. Auch als ich fiel und weinte, weil sie behauptet hatte, jeder traure auf seine Art um den Verlust eines Menschen, und jedes Leben sei lebenswert, ob mit oder ohne Kind. Als ich das nicht gelten lassen wollte. Nicht für mich. Als ich versank, als ich verstummte.

Ich brause an dir vorbei, misstrauisch, weil ich mich schon zu oft getäuscht habe. Und noch immer scheint es mehr zu sein, als ich verkraften kann. Im Rückspiegel erkenne ich den Betrug.

Bis ich an einer anderen Tankstelle anhalte, lasse ich mich gehen. Verzeihen will ich diesen Betrug nicht. Wen klage ich dafür an?

Jetzt ist es still. Einzig die Dielen knarzen unter meinen Füssen.

Vorhin sah ich dich dann zum dritten Mal. Sah dich durch das Fenster. Eine weitere Ansicht deines Rückens. Und das Geräusch, das die Erde machte, als sie dich in sich einschloss.

Immer wenn mir diese Bilder kommen, immer wenn ich dich so sehe, frage ich mich wie ein Detektiv: Was stimmt nicht in diesem Bild? Was ist anders? Und das Einzige, was ich mir selbst zur Antwort geben kann, ist: alles.

Nie bin ich mir selbst so bewusst wie beim Aufwachen. Auch nach einem Mittagsschlaf, einer Flucht, mit der ich nach der ersten Fehlgeburt begonnen habe, um meinem Sternenkind nah zu sein. Ein Schlaf, den du nicht mitgeschlafen hast. Träumen. Und dann aufwachen. Und das Bewusstsein, das sich beim Aufwachen einstellt, mit seiner ganzen Grausamkeit. Jeden einzelnen Tag. Nach jedem Schlaf.

Allein die Berührung eines vertrauten Menschen, lese ich im herausgetrennten Artikel, *eine mitfühlende Hand auf der Haut* könne Traurigkeit lindern. Botenstoffe wie Oxytocin wirkten dabei, Opioide, die der Körper im Moment von empfundener Zärtlichkeit ausschütte. Es gelte, langfristige Niedergeschlagenheit zu verhindern, da diese *die Neurogenese,* die Heilung des Gehirns, im Fall von Trauer negativ beeinflusse. *Wenn aus Trauer Depression wird...,* weiter lese ich nicht. Die Grafik von sich verkürzenden Telomeren hat eine Bildunterschrift, die verschwimmt. Ich will nichts wissen von *Aus-*

dauersport, Meditation und sozialen Kontakten, die meine Telomere verlängern, nichts ist lang genug, um von hier nach dort zu reichen, wo du bist.

Niklas' Winken. Die Hand auf meiner Haut von Trudi vorhin.

Ich weiss, dass die Haut unser grösstes Sinnesorgan ist, sie wächst ein Leben lang. Ihre Zellen erneuern sich Tag für Tag. Es ist also anzunehmen, dass es auf mir in absehbarer Zeit Stellen und Flecke geben wird, die von deiner Hand noch nie berührt worden sind, Jakob. Ein grauenhafter Gedanke. Ich wüsste das lieber nicht.

Kleine runde Tonbehälter, gefüllt mit dunklem Sand

Elisa beobachtete ihn. Erst auf dem Dachboden fand er, was er suchte. Drei kleine runde Tonbehälter, gefüllt mit dunklem Sand. Aus einer Alufolie wickelte Jakob Räucherkohlestückchen und legte sie Elisa in die Hand. Zutraulich wie eine Katze trottete sie ihm hinterher.

In der Küche hatte er den Beutel mit dem Weihrauchharz bereitgelegt. «Such dir die schönsten Stückchen aus», sagte er, und sie fühlte sich als etwas Besonderes und schaute genau.

«Warte.» Mit einer Hand hielt er ein Teelicht, mit einer Zange in der anderen führte er die Kante der Räucherkohle über die Flamme, bis es zischte, durchzündete und kleine silberne Funken sprühten. Dann platzierte er sie mittig auf dem Sand. Nach wenigen Minuten veränderte das Kohlestück seine Farbe und bildete oben eine weiche Mulde. «Jetzt?», fragte sie. Sein Nicken bedeutete ihr, das Weihrauchharz in die Vertiefung zu geben.

Auf einem feuerfesten Tablett trugen sie die Tonbehälter durch das ganze Haus. Liessen sie in den Räumen ihr Werk verrichten. Elisa eroberte sich schnell das Zeremoniell und ging voran. «Die Spinnen ziehen um. Mögen die den Geruch nicht?»

«Manche Spinnen sind Nomaden.»

«Das heisst, sie kommen wieder?»

Jakob schmunzelte. Elisa fasste ihn am Arm. «Haben wir nun etwas Zeit für uns?» Und damit zog sie ihn auch schon aufs breite, tiefe Sofa, das bestückt war mit flauschigen Kissen, und er legte seinen Körper sacht über ihren. Alles an ihm sagte Ja.

Wie er sie koste und mit seinen Fingern untersuchte, erforschte, was sich verändert hatte seit dem letzten Mal. Wie er sie mit sanften Küssen bedeckte. Wie er an ihr roch, von jedem Fleckchen ihres Körpers ihren Duft einsog. Elisa lachte.

«Heulphase deines Lebens, hm?», flachste er in ihre Kniekehle hinein.

«Autsch!»

«Deine Katzen jedenfalls haben das Konzept von Weiterziehen und Neu-Ankommen erfasst.»

«Deswegen müssen sie mich noch lange nicht in die Zehe beissen. Welche war das überhaupt?»

«Was macht dich so sicher, dass es eine Katze war?»

Der herbe Geruch des Weihrauchs drang vom Keller, von der Küche, vom Flur zu ihnen ins Wohnzimmer und hüllte sie ein auf ihrer Gelegenheitsbettstatt.

«Immer geht es darum, dass Altes stirbt», Jakob hauchte Küsse auf ihre Schenkel, «damit Neues geboren werden kann.»

«Es ist also eine Platzfrage?»

«Aus totem Laub…», Jakob hauchte Küsse in ihre Lende, «wachsen winzige…», Elisa kicherte, und was für Küsse Jakob jetzt da in ihren Nabel hauchte, «allerwinzigste Keimlinge.»

«Sagst du mir gerade, dass auf mir Keime wachsen?»

«Sie sind mir gänzlich nah und vertraut.»

Spielerisch schob sie Jakob von sich und zog ihn wieder an sich heran. Sein Glucksen. Das Schlabbern einer Katze, die sich am Schälchen im Flur Wasser einverleibte, das Hiähen des Bussards über dem Feld, Geräusche, nah oder vom Wind herübergetragen, durch den Fensterspalt hinein. Von irgendwo Kirchenglockengeläut und mittendrin auch sie.

Andächtig wie Kinder beim Laternenumzug räucherten sie jedes einzelne Zimmer aus, jede Nische, jeden Raum, und vertrieben sich die Zeit dazwischen mit ihren Spielen.

«Keiner, Jakob, kann so sicher wie du in meinen Körper gleiten.»

Er schob sich tiefer und schaute sie dabei an. «Ich bin ein Tsunami. Ein Felsrutsch. Du entkommst mir nicht», mit einer stillen Frage in seinem Blick.

«Vielleicht. Es ist auf jeden Fall eine gute Zeit, mein Eisprung steht bevor», antwortete sie darauf.

«Probieren wir's», ein neckischer Zug in seinen Augenfältchen. Das Zucken um ihre Mundwinkel begann. Und er sagte: «Bleib einfach. Geniess.»

SOMMER

Ich habe in deiner Bibliothek geschlafen, Kater Schildpatt zu meinen Füssen. Der einzige Ort im Haus ohne System. Das Ordnungsprinzip, um das du dich nicht bemüht hättest, gibt es nicht. Alphabetisch. Weiblich. Männlich. Farblich. Nach Grösse. Dicke. Tiefe. Nach Kontinent, Sprache, Land. Verlag. Alles. Nichts. Ungeordnet war die einzige Möglichkeit, die für dich bei Büchern funktionierte. «Man muss auch wissen, wann man zu kapitulieren hat», hast du gesagt.

Das Geräusch kommt wieder. Rrritsch. Es geht mir leicht von der Hand. Ich zerreisse deine Kleider. Die Hemden und Hosen und T-Shirts, die du im Garten getragen hast. Meine Finger zerren daran. Zwei Hemden. Ein Paar schmutzige Shorts. Die Kragen von drei T-Shirts. Dann sinken mir die Hände in den Schoss. Ich muss aufhören, deine alten Sachen anzuziehen.

    Die Schublade holpert, wie sie immer geholpert hat, als ich deine Gartenkleiderkommode verschliesse.

Hornspäne und Mulch haben sich als Schutz bewährt. Der Schneeball zeigt keine Anzeichen von Pflanzschock. Er blüht dem Sonnenlicht entgegen. Bis ich den Gartenschlauch am oberen Hahn montiert habe, ist meine Bluse schweissnass. Ich fächle mir Frische zu, indem ich mit den Oberarmen wie mit Flügeln flattere. Diese Bluse wird meine erste eigene Gartenkleidung sein.

Wie viel Wasser dieser Schneeball in einem heissen Sommer braucht, werde ich nachschlagen müssen.

Die Stiefel sind nicht das einzig Schwere an mir. Ich weiss, ich müsste graben, lüften, pflanzen.

Überall, wo ich hinsehe, erkenne ich deine Spuren. Die Kräuter vom letzten Jahr. Die Blumen, die aus den Zwiebeln schiessen. Und Schösslinge, von denen ich keine Vorstellung habe, was aus ihnen werden wird. Und Beeren, so viele Beeren! Die Erdbeeren im oberen Beet, dein unvollendetes Werk. Die von mir gepflanzten sehen schütter, klein und kümmerlich aus. Verletzlich. Sachte fahren meine Hände über die Erde, die sie umgibt. Meine Handschuhe liegen neben meinen Knien. Ich wünschte mir, du könntest sie sehen, spüren – so wie ich.

Schildpatt döst. Seine doppelt gefärbten Schnurrhaare zittern in der Sommerluft. Mit gesträubtem Fell und Unverständnis im Blick hat er sich geweigert zu verschwinden. Meine Zischgeräusche beeindrucken ihn nicht. Breit und selbstgefällig liegt er auf dem Grab. Der flache Stein wärmt ihm den Bauch.

Die ersten: Hugo, Shadow, Dawn. Danach kamen Weissbart. Dreifuss. Roter. Gelbbrust, Tiger. Du fandest es eigenartig, aber ich bestand darauf. Für mich gehörten sie hierher, alle bestattet in unserem Garten.

Schildpatts Körper atmet zitternd, er träumt.

Endgültig.

Rücksichtslos.

Wie tot.

Der Tod ist eine Katapher. Eine fragwürdige Aufzählung mit einem knallenden Schluss.

Der Tod ist eine Metapher. Er rast mit uns über eine Schwelle mitten hinein ins tiefe Nichts.

Jeder Tod ist anders.

Dich konnte ich hier nicht begraben.

«Das geht nicht. Jakob war ein ausgewachsener Mensch», hat deine Schwester gesagt.

Was hat sie geglaubt? Was für eine Ungeheuerlichkeit mir zugetraut? Was bloss in mir gesehen, wenn sie mich ansah, damals? Deine Asche ruht im Gemeinschaftsgrab auf dem Friedhof deiner Geburtsstadt. So, wie du das gewollt hast. Wir respektierten immer die Wünsche des anderen.

Erde werden.

Der Tod ist eine Anapher, er beginnt mit jedem Sich-daran-Erinnern neu.

Schildpatt liegt auf der Inschrift, die du gemeisselt hast: «Gib Worte deinem Schmerz. Gram, der nicht spricht, presst das beladne Herz, bis dass es bricht.» Ich will sie schon lange von Krümeln freiwischen. Meine Fingerspitzen wollen das raue Material spüren. Jedes Mal, seit Frühling und jetzt Sommer wurde, bin ich daran vorbeigegangen. Jetzt liegt Schildpatt darauf und schnarcht. Meine Art, Gram zuzulassen, ist es, zu berühren. Ich fürchte, ich habe ein Zuviel davon ins Erdbeerbeet gegeben. Mit einem Knacken mache ich den Rücken gerade, unter weiterem Knacken stehe ich auf. Schüttle mir die Erde von den Fingern.

Kirschen ernten. Wiese mähen. Mein Knie tut weh.

Heute ist das alles viel zu viel für mich.

Aber im Garten warst du glücklich. Und immer, wenn ich bei dir in diesem Garten bin, der du nicht hier ruhst, sind das die Momente, in denen ich eine tiefe oder auch nur eine Dankbarkeit empfinde.

Ich muss an all das denken, was mit dir gestorben ist. Unsere Gespräche. Unsere Zärtlichkeit. Deine Zuversicht beim Pflanzen. Deine Gewissheit in allem, was du tatst, und dein Zulassen von Ungewissheit, auch wenn du wieder einmal rätseltest, wie du deine Bücher ordnen wolltest, und es dann einfach bleiben liessest, so wie's war.

Der Tod ist ein Oxymoron, ist ein stummer Schrei eines Stücks Stoff, das meine Hände jetzt aus dem Abfalleimer zurückholen – im sicheren Wissen, es nicht mehr zusammenflicken zu können, für mich nicht und auch nie mehr für dich.

Zwei Mundwinkel, die Augenbrauen folgten

«Aber er hat gelogen, Jakob, jahrelang! Er hat mich angelogen! Und durch sein Leugnen auch den eigenen Sohn betrogen!»

Eine Augenbraue trat ihre Reise in die Höhe an. Sie wollte es ja auch, sie wollte nicht mehr daran denken müssen, aber: «Findest du das nicht schlimm, Jakob?»

Eine zweite Augenbraue, die ihr folgte. Sein Gesicht, bereit zu lächeln und doch in abwartender Haltung, was noch von ihr käme.

«Erst als keine Ausflüchte mehr möglich waren für ihn, als sein Sohn an meine Tür klopfte, hat er es zugegeben. Er hat ein Kind gezeugt! Er hat nicht mal zu ihm gestanden – das ist doch schlimm?»

Jakob wurde ernst. Sie suchte in seinem Blick, aber sein Verständnis genügte ihr noch nicht.

«Das ist ja wie Einmachen, wie ... Früchteeinkochen!» Sie wollte Empörung sehen, aber sie sah sie nicht. Sie sah nur seine Geduld. «Wie Vorsorgen für die kalten Tage!»

Sie spürte, wie er seine Schenkel jetzt an sie drückte, wie er sie gegen den Wagen schob. «Ach!» Sie umarmte ihn. Seine Lippen schmeckten salzig, nach Gewürz. Sie murmelte etwas und wusste selbst, dass sie das schon viel zu oft gesagt hatte, dass es nicht besser würde, die Wiederholung nicht lindern würde, was sie nicht verstand.

«Also wirklich», sie hielt Jakob ihre Halsbeuge hin, er küsste sie, «mir hat er vorgelogen, er wolle nicht. Dabei streunte er herum und zeugte ein Kind.» Jakob hielt inne und schaute sie an. Sie schaute zurück. Aber ihr Pulsschlag veränderte sich, wurde schneller.

Jakobs Hand öffnete hinter ihrem Rücken die Tür, und aus einer einzigen Drehung heraus wand er sich mit ihr ins Innere des Wagens. Die Fenster beschlugen schon, während sie sich auszogen. Schon während sie die Sitze nach hinten fallen liessen, der eine, der Beifahrersitz, kannte ohnehin nur zwei Positionen: steil aufrecht oder flach. Schon während sie sich das erste Mal atemlos küssten. Liebten. Kosten.

Und es war wie ein heiterer Fluch. Fast jedes Mal, wenn sich Elisa und Jakob in die Garage, die der Werkstatt vorgelagert war, und dort in seinen Wagen zurückzogen, fast jedes Mal, wenn sie sich jugendlich und unsterblich fühlten, trotz Weh im Gelenk, brach irgendwo in der Nachbarschaft eines der Tiere aus. Ein Huhn, das von einem Motorrad durch die Strasse gejagt wurde. Ein Kalb, ein Rind, ein Schaf. Eine Katze, die gerade etwas klaute, was sie nicht behalten durfte. Und dem nachfolgend: menschlicher Lärm.

Wie jetzt das Poltern gegen die Garagentür. Das dumpfe Rumpeln eines Stiefels, der gegen verstaubte Gerätschaft stolperte. Die Männerstimme: «Könnt ihr bitte helfen?»

Basti. Elisa schaute Jakob an. Jakob betrachtete Elisas Gesicht.

«Willibald will die Bärbel besteigen. Und nun ist auch die Lotti abgehauen.»

Ein Seufzer, zwei, ein Lachen, zwei, und Jakob stieg aus dem Wagen, zog sich die Hose hoch und stand vor einem völlig vergelsterten Basti.

Elisa knöpfte ihre lange Bluse zu. Mit den Fingern kämmte sie sich durch das Haar und kletterte ebenfalls aus dem Auto heraus. «Braucht ihr mich?»

«Da sind Schafe frei unterwegs? Im Dorf?», fragte Jakob zeitgleich.

Basti starrte auf Elisas nackte Beine. Dann suchte sein Blick Halt in Jakobs Gesicht.

«Ja. Und ja, ich brauche euch beide. Da sind jetzt drei Schafe bei euch im Garten.» Sein Blick glitt in das dunkle Wageninnere.

«Nicht in meinen neu gepflanzten Reben!», rief Jakob aus und zog sich sein Hemd über. «Also kommt ihr?», fragte Basti und deutete mit einem Strick den ersten Schritt seines Planes an. Sein Gesichtsausdruck eine wilde Mischung aus Tatendrang und Überrumpelung.

Als sie sich dieses Abenteuer abends bei einem Glas Wein wiedererzählten, lachte Jakob fröhlich auf. Aber wie so oft in der letzten Zeit ging sein Lachen in ein Husten über, oder sein Husten in ein karges Lachen. Beides war mittlerweile schwer auseinanderzuhalten, und beide Geräusche machten ihn für Elisa in diesen Tagen aus.

Selbst wenn ich wüsste wie, ich kann sie nicht alle retten. Einhundertdreiundsiebzig Birnen platzen aus ihrer Haut. Fünfundneunzig Äpfel plumpsen vom Baum. Zwetschgen verdorren noch am Ast. Und vierhundertelf Tomaten kochen am Strauch in ihrer Schale ein.

Dieser Sommer ist erbarmungslos. Es gibt nur Sonne, sonst nichts. Es gibt nur immer Sonne, Hitze, Trockenheit. Alles, was zum Leben nötig ist, ist mit dir fortgegangen. Der Tropfen, der die Erde nährt. Der kühle Atem des Windes. Nur die Dürre, die aus Gras Steppe macht, dann Erde, Krümel, Staub.

Mit dem Handpflug zerstöre ich das Erdbeerfeld. Die Katzen fliehen vor meiner Wut. Die Gemeinde sagt, wir dürften nicht mehr wässern. Die Gemeinde droht, giessen werde geahndet. Deine Sträucher, Büsche, Blumen, deine Himbeerhecke – alles schreit nach Wasser, das es von dir bekommen hat und das ich ihm nun verwehre.

Ich erinnere mich daran, wie verletzlich du wurdest, als du gemerkt hast, du schaffst die Treppe nur noch mithilfe hastiger kleiner Griffe, ruckartig, den Handlauf entlang.

Der Flieder ist eingekracht. Auf Nachbars Feld: Zerbrochen steht der Pfirsichbaum. Zerbrochen auch die Quitte. Wie bestürzt du darüber wärst. Nachbars Blick auf mir will ich nicht, ich trage deine Mütze tief in mein Gesicht gezogen.

Nach dem Erdbeerfeld kommt das Gurkenfeld, das Beet mit den Salaten. Ich muss umpflügen, damit Neues wachsen kann. Ich muss zerstören. Nichts, gar nichts von alldem, was ich versucht habe an deiner statt zu pflanzen, wächst. Nichts lebt neben meiner selbst gewählten Abkapselung, auch der Schneeball serbelt. Ich bin eingeschlossen in meinen Verlust. Eitrig ist mein Zorn, der mir aus den Augen bricht.

Die Grillenkolonie bleibt ungezählt, Hunderte von kleinen schwarzen Panzertieren. Du hast mir von den Grillenkämpfen berichtet, auf die gewettet wird. Von Grillenkäfigen, aus Kürbis geschnitzt. Von ewigen Gesängen in Steppen und Hochebenen, und genau dorthin verwünsche ich sie alle, die sterbenden Äpfel, die explodierten Birnen, die Gurken, Tomaten, die nicht vorhandenen Salate, das ganze Erdbeerfeld und diese Feldgrillen, Feldgrillen, die aus ihren Erdröhren kriechen, die Feldgrillen, die Orient lebendig anschleppt, und die Orient Stück für Stück zart aus seinem Maul entlässt, sobald er mit ihnen das Haus betritt, auf dass sie mich auf Trab halten, auf dass sie mich aufschrecken mit ihrem Gezirpe, auf dass ich aufstehe, sie suche, schnappe, rette, in den Garten trage, wo ich sie behutsam aufsetze und dann wieder nutzlos dastehe, mit deinem Pflug in der Hand und dem zerstörten Erdbeerbeet zu meinen Füssen.

Ich weiss es, Liebster, es ist Zeit zu kapitulieren.

Wie gekränkt du warst, als ob dir dein Leben etwas schuldete. Ich will, ich will, ich will, schrie dein Gesicht. Und genau das lasse ich jetzt los, hörst du, Herzliebster, ich muss, ich lasse los.

Sieben zerbrechliche Worte

Jakob überzeugte Elisa: «Aufgeben ist nicht. Aufgeben wäre zu früh – schaffen wir uns eine neue Chance, erweitern wir die Welt.»

Elisas Kraft wurzelte zwischen diesen Mut machenden Worten. Sie glaubte jedes einzelne.

Für diesen Glauben schlüpfte Jakob sogar in die Rolle des Arztes zurück. Schiefer, liebevoller Schmunzelblick. Hand auf ihrer Schulter. «Wird schon.» – «Kommt schon.» – «Klappt schon.»

Verschwörerische Worte. Jedes. Einzelne. Geglaubt.

Aber als sie das zweite kleine Grab aushoben, diesmal ohne Weinen, ohne Reden, ohne gegenseitigen Tröstungsversuch, als sie hineinlegten, was nicht hineingehörte, sich verabschiedeten von dem, was nicht geblieben war, wussten sie beide: allerhöchstens noch ein drittes Mal.

Der Sommer kam und mit dem Sommer reiche Ernte. Jakobs Hände waren tagsüber selten weiss, braun von Erde und an den Härchen krustig. Elisa stand oft am Fenster und schaute. Nach seinem Rat cremte sie sich ein, massierte jeden Muskel. Nach seiner Idee ging sie spazieren. Nach seinem Plan ordnete Elisa ihr Tagwerk neu und kam mit ihm zusammen, wenn ihre Zeit des Monats war. Wie ein Yak schnüffelte er an ihr und sagte: «Ja.» Wie ein Yak platzierte er seine kehligen Geräusche. Sie wollte so sehr daran glauben.

Die Reben wucherten hoch, und es wurden alle vier Hände gebraucht, die Triebe einzufädeln und die Stöcke zu frisieren. Elisa und Jakob arbeiteten nebeneinander, jeder an seiner Reihe. Ihr war, als würden ihre arbeitenden Hände alles sagen, wozu ihr Mund nicht in der Lage war.

Rückblickend war es das Jahr, in dem sich vieles änderte. Es war das Jahr, in dem die Ziegen kamen. Ein Bauer, der aufgegeben hatte, sein Vieh geschlachtet oder verkauft, überliess ihnen seine beiden letzten. Ein jämmerlicher Anblick, die eine zu mager, die andere fett. Und ein Fell, bei dem Elisa Tage brauchte, um es von Kot und Schmutz frei zu striegeln. Geiss eins und Geiss zwei bekamen den Schuppen zugeteilt. Nicht, dass dies ihr Stall gewesen wäre. Aber nachdem sie erneut eingebrochen waren, räumte Jakob schliesslich seinen Schuppen für sie aus und zimmerte sich selbst einen neuen. Die Geissen, mit selbstgefälligem Professorenblick, überwachten die Fortschritte gewissenhaft. Bis sie meckernd an ihm vorbeistolzierten in ihr selbst gewähltes Reich.

Den Sauzahn allerdings holten sie sich regelmässig aus dem neuen Schuppen zurück, wenn einer von ihnen, Jakob oder Elisa, vergessen hatte, die Tür mit dem Hakenschloss zu verschliessen.

Das Bündnis bestand zwischen Elisa und ihnen. Das Bündnis zwischen ihr und den Tieren begann in diesem Jahr. Egal, welche Geschöpfe einzogen, immer wählten sie sie zu ihrer Schutzpatronin. Geflügelt, mit Ringelschwanz oder Horn,

Einhufer oder Paarhufer – Jakob wurde bestenfalls als Hilfskraft, als Ersatz in der Not akzeptiert.

Jäten und Hacken in den Beeten. Umsiedeln von Wildpflanzen. Bewässern, Hegen, Pflegen. Arbeiten, die Jakob und Elisa Schulter an Schulter verrichteten an den Tagen, die folgten. Eine lichte Freude die Äpfel, kleine schrumpelige Früchte, die ihnen der gedrungene Baum reichlich gab. Eine gehörige Freude auch für Geiss eins und Geiss zwei, die das Stehen auf zwei Beinen übten. Hätten sie es gekonnt, sie wären wie die Katzen mitten ins Astwerk hineingeklettert und hätten sich dort an den Früchten gütlich getan.

Die meisten Äpfel waren gesund, nur in wenigen wohnte eine Made. Jakob biss hinein und legte seine Hand auf Elisas Bauch. Sie warf ihren Apfel lachend den Geissen entgegen. Ja!

Wie die Ziegen waren auch die Menschen in ständiger Bewegung. Als Elisa mit dem neuen Salzblock auf die Weide kam, sprang Geiss eins auf sie zu. Endlich!, schien sie sich zu beschweren, bring ihn nur rasch daher!

Jakob warf den Kopf in den Nacken, als er die Tiere in wilder Jagd auf seine Frau zustürmen sah, denn hinter der einen Geiss war die andere nicht weit – und hinter dieser schon die Katzen.

Zucchini, Paprika, Gurken, Kürbisse, Tomaten, Salate, Kräuter, Nüsse, Zwetschgen, Birnen, Äpfel, das alles und mehr ernteten Jakob und Elisa in üppigen Mengen. Die Körbe waren jeden Abend voll und bereit zur Weiterverarbeitung der Kost.

Die Speisetrauben und die unzähligen Feigen waren fürs Erste ordentlich auf den Holzrosten im Schuppen untergebracht, als Jakob von hinten an Elisa herantrat, sie umarmte und leise sieben zerbrechliche Worte zu ihr sprach: «Dieses Mal wird es bei uns bleiben.»

Deine Werkstatt lässt sich nur unwillig von mir wecken. Sie ruht wie ein Hund, der auf sein Herrchen wartet. Noch setzt der Staub nicht an. Noch öffne ich Schubladen. Nur auf das Dach deines Wagens könnte man mit dem Zeigefinger Zeichen malen.

Trotz der Hitze, die keinen Tag und auch nächtens kaum weicht, bringt der Garten Früchte und Gemüse hervor für reich gefüllte Schalen. Während ich jetzt ernte, was du sätest, während ich sorgsam ausgrabe, abzupfe, pflücke, ins Haus hineintrage, weiss ich doch, dass es misslingen wird. Ernten ohne dich ist wie Floskeln sagen, Plattitüden.

Wie sehr ich es mir auch anders wünschte, mein Bewusstsein ist klar. Ich weiss, dass es nie mehr so sein wird wie vorher. Ich frage mich nicht, ob es jemals wieder richtig wird. Mein Körper sucht dich. Für ihn stimmt nicht, dass er nicht gehalten wird, nicht geliebt. Kein Berühren bei flüchtigen Begegnungen im Hausflur; der Flur ist da, aber die Begegnung fehlt.

Sie wird sich auch nie mehr ereignen. Wenn ich diese Gewissheit von meinem Kopf in meinen Körper fliessen lasse, verschwimme ich. Mein Körper fällt auseinander, das Zittern löst auch noch die kleinsten der kleinen inneren Gewinde. Ich frage mich, wann mein Körper dort ankommen wird, wo mein Kopf schon ist, und was dann.

Mit den Drahtresten, die du in einer quadratischen Schachtel gesammelt hast, flicke ich den Korb. Keine der kostbaren Früchte soll auf den Boden purzeln, wenn ich sie über die ausgedorrte Wiese trage.

Alle sind sie für dich erblüht, die Bäume, die Büsche, die Beerensträucher. Diese Ernte gehört ganz dir. Die einzig mögliche Art, wie dir der Garten zum Abschied winkt. Schau! Das hast du für uns vollbracht.

Mit dem alten Birkenbesen fege ich die Windrose frei. Jeder dieser Pflastersteine hat einst in deinen Händen gelegen. Dass die Natur nun so versteppt – hätte es dich erschreckt? Verwundert?

Was hättest du dazu gesagt? Zu dieser Dürre, die der Sommer über unser Land gebracht hat?

Es ist etwas Gewaltiges.

Unten, beim Nussbaum, der Walnusshagel. Viel zu früh, möchte ich schreien. Aber dann müsste ich meine Stimme hören. Kiste um Kiste schleppe ich mit zusammengepressten Lippen zum Haus.

Auf dem Dachboden schiebe ich die Möbel zur Seite, die kaputten Stühle, breite eine Plastikfolie aus. Dann eine zweite. So viele, so, so viele Nüsse. Ich erinnere mich nicht, wie lange du sie jeweils zum Trocknen ausgelegt hast. Und dies ist ein Nussvorrat für die nächsten zwanzig Jahre.

Jetzt sind meine Hände schwarz wie deine waren. Aber niemand ist da, der das mit mir belächeln kann. Dein Fehlen stürzt mich siebenmal am Tag in eine zügellose Trauer. Siebenmal am Tag befreie ich mich, ich weiss nicht, wie. Sag du mir, wie es geht.

Im Briefkasten hat wieder so ein Zettel gelegen. Eine Einladung der Frauen vom Landfrauenverein zum Alleinstehendenessen. Dieses Mal im *Frohsinn*. Du hättest mir geraten, hinzugehen, ich weiss. Du hättest gesagt: Den *Frohsinn* magst du doch?

Dein Wegsein entzieht mir deinen Schutz. Und so schutzlos empfinde ich mich als nicht zugehörig, als jemand, der die eigene Berechtigung zum Sein verwirkt.

Als wäre es meine Schuld. Als wäre da überhaupt: Schuld. Ich wünsche mir sie, die Schuld. Ich wünsche mir jemanden oder etwas, das ich beschuldigen könnte. Damit mich Wut aufheizte. Bis in die Knochen bin ich müde von mir selbst. Von meinem Gewicht. Müde und kalt.

Eine kleine Pause. Ich atme, etwas in mir atmet also immer noch. Ja, ich ernte. Ja, ich trinke den Wein. Gleich werde ich mit dir auf die letztjährige Lese anstossen, die zu probieren du nicht mehr die Gelegenheit hattest. Ein Schluck, einen Moment noch verharre ich in der stillen Möglichkeit, du kämest doch zur Tür herein.

Beim Wegräumen der Drahtkiste fällt mein Blick auf die dunkle Ecke, auf die schwarzen Anzuchtschalen, die du dort für den Frühling gestapelt hast. Wie konnte ich sie vergessen? Jede Schale noch so ein Kind, das es nie gab.

Mein Herz stolpert im Takt meiner Füsse. Mit meiner Rechten fange ich mich am Autodach ab, fünf verschmierte Fingerabdrücke bleiben; ich habe keine Ahnung, wie das geht, ein Auto im Internet zu versteigern.

Vierundvierzig Kilogramm

Das Leben mit Jakob glich einem Vogelsegelflug. Keiner verstand es wie er, den Aufwind für sich zu nutzen. Mitten hinein in den kräftigen Strom stürzte er und zog Elisa mit. Elisa brauchte nicht mehr zu tun, als ihre eigenen Flügel zu spreizen und sich der aufsteigenden Wärme hinzugeben.

Vorsichtig schloss sie die Tür, hinter der er laute Musik hörte und Bücher ordnete. Bratsche, Geige, Glockenspiel. Die Wahl der Musik war eine erhebende.

Zerbröseln liess er die Idee, Vater zu werden, zurück liess er seine nutzlosen Versuche, Elisa zur Mutter zu machen, beim vierten und allerallerletzten Mal. «Ein Leben muss mehr als eine einzige Bestimmung haben.»

Als Elisa sich die Schürze umband, trat Jakobs Schwester gerade ein. Umstandslos kam sie auf Elisa zu und nahm sie in die Arme. Sie spürte, wenn Elisa das Haus mit der fehlenden Gegenwart von Kindern befrachtete, jeden Gegenstand, jede Leere erkannte sie.

«Ich weiss noch nicht, wie, aber ich werde darüber hinwegkommen», flüsterte Elisa.

«Das wirst du.»

«Arbeit hat mir noch immer geholfen.»

«Deswegen bin ich hier.»

«Ich weiss», Elisa blinzelte mit nassen Augen. «Du bist wie er.»

«Ich weiss.»

Zusammen gingen sie in den tauwachen Garten.

Drei pralle Reihen Tomatenstauden. Erdkrümel drangen Elisa zwischen die Zehen, immer wieder klopfte sie die Sandalen aus, während sie sich von Staude zu Staude arbeitete. Es zeigte sich, dass sie die Pflanzen korrekt geschnitten und ausgegeizt hatte. Die Triebe waren kräftig und trugen reichlich Frucht. Elisa legte gelbe, gestreifte, schwarze und unzählige rote Tomaten in die Körbe hinein, solche von der Grösse von Ochsenherzen und kleine, feste, geschmeidige wie Bachkieselsteine obenauf.

Wenige Schritte neben ihr schnitt Jakobs Schwester Zucchini, Paprika, Peperoni und Auberginen von üppigen kniehohen Büschen. Hier und dort leuchtete der Kelch einer Blüte hellviolett; zwei, die abknickten, stellte sie in die Giesskanne unter dem Gartenwasserhahn. Danach kümmerte sie sich um die Auswahl der Kräuter.

Elisa trug einen weiteren Korb in den Schatten.

«Ist die Tomatenpresse noch im Schrank?»

«Hinten oben, ja.»

Jakobs Schwester nickte und stapfte zum Haus. Bei der Treppe klopfte sie die Schuhe aus. Als sie zurückkam, hatte Elisa den letzten Korb für heute auf den gusseisernen Gartentisch gestellt.

«Was meinst du? Nehmen wir die Waage?»

Das Tomateneinmachen draussen in der Sommerküche gehörte zur festen Tradition, die sich zwischen den beiden Frauen heimisch gemacht hatte. Genauso wie das winterliche Stricken und Häkeln am Kachelofen. Das Stopfen und das Flicken am ausgezogenen Tisch.

«So viele waren es, glaube ich, noch nie», sagte Elisa.

Den ersten Sugo ässen sie alle drei erst im Winter und grundsätzlich gemeinsam. Aus dem Haus hörte man es hämmern, klopfen.

«Und? Wie geht es ihm so?»

«Gut.» Elisa überlegte. «Na ja. Er hustet halt.»

Jakobs Schwester kniff die Lippen zusammen. Etwas in ihrem Blick verengte sich und ihre Hände arbeiteten ruckartig. Sie schnippelte das Gemüse, während Elisa Korb um Korb auf die Waage legte. «Diese Nachtschattengewächse bringen neues Leben hervor im Überfluss.»

Jakobs Schwester schaute, ihre Stirn gerunzelt.

«Wer bin ich, wenn ich kein Kind haben kann? Wenn ich nichts Eigenes vorzuweisen habe?»

Jakobs Schwester richtete sich auf und stützte sich eine Hand ins Kreuz. «Wer warst du denn bislang?»

«Du hast Kinder!»

«Und viele Frauen haben keine.»

«Du hattest einen tollen Beruf!»

«Und viele haben keinen. Wer sind diese Leute, Elisa? Sind

sie alle nichts? Woher nimmst du die Gewissheit zu sagen, dass du nichts Eigenes vorzuweisen hast?»

«Aber du hast Kinder.»

«Ein Kind gehört einem nicht.»

Schweigend trugen die beiden Frauen die Zahlen in einer Kolonne ein. Dann zählte Jakobs Schwester zusammen: «Vierundvierzig Kilogramm.»

Lange hielt Elisa ihrem Blick nicht stand; dann schmunzelte sie. «Tue ich mir einfach nur selbst leid?»

«Keineswegs. Allerhöchstens ein ganz winziges bisschen.»

HERBST

Schildpatt ist mir zum Schatten geworden. In eingeschworenem Trotz folgt er mir durch alle Räume. Schaut mir mürrisch zu, wie ich Holz staple. Einst gehörte ich zu den Flinken.

Ich bleibe eisern. Niemand braucht jemanden, der ihm sagt, das Leben müsse weitergehen. Nicht einer braucht es, von einem Fremden zu hören, dass es sicher besser so war, fix und gründlich, anstatt lange noch zu leiden. Keiner will das hören – und auch nichts von einem Himmelreich. Diese Banalitäten wollen einen Schmerz auf Abstand halten, der sich durch nichts aufhalten lässt.

Ich rechne jetzt fest damit, dass ich dich jeden Moment zur Tür hereinkommen höre. Schildpatt rechnet damit, dass ich meinen Widerstand breche.

Ich lasse meiner Mutlosigkeit die Zügel schiessen. Ich möchte über die Unerreichbarkeit deiner Nähe hinausgaloppieren. Ich möchte so gern bei dir sein.

Schildpatt schnurrt.

Ich erinnere mich, wie wir den edlen Tragekorb aus Eisen gegen zwei leichtere Filztaschen ausgetauscht haben. Eines Tages konnten wir die erforderliche Menge Holz nicht mehr in einem Mal nach oben schaffen damit. Du. Du konntest es nicht. Ich habe die Filztaschen in einem Bestellkatalog gefunden. Wir haben uns für die Farbe Rot entschieden.

Jetzt trage ich die Zange zur Werkbank zurück, mit der ich die Reisigwelle aufgeschnitten habe. Die Zange wiegt wie hundert Steine in meiner Hand. In deine Hand hat sie gepasst wie in keine andere. Ich bilde mir ein, Restwärme darin zu spüren. Ich könnte diese Zange ewig halten.

Als ich mich umblicke, sehe ich mein Werk: Alles für den nächsten Winter gerüstet. Schildpatt schnurrt immer noch, ganz unbescheiden.

Die Holzstapel an der Wand. Die Reisigwellen in einer schönen, geraden Reihe. Die Filztaschen, ansehnlich bestückt. Das Bruchholz in einem Korb, Handvoll für Handvoll wird es mir dereinst Hilfe beim Anfeuern sein.

Was mache ich mir damit vor?

Die Holzstufen aus dem Keller hinaufzugehen, erscheint mir wie das Durchwandern eines schrofigen Gebirges. Schildpatt tänzelt, als wäre er eine Bergziege im Glück. Wie Vieh auf der Trift zur Weide setzt er seine Pfoten in für mich unsichtbare Mulden. Er war ein Streuner, ich bin mir sicher, ein Leben lang. Im Nu kannte er jeden Durchschlupf im Garten, erfasste, wo die Drosseln ihre Schmiede haben und Schneckenhäuschen zertrümmern; durch ihn lerne ich das Land, das mich umgibt, neu zu betrachten. Die Sassen, in die sich die Feldhasen ducken, wenn ich spazieren gehe – Schildpatt folgt mir Schritt auf Tritt. Selbst beim Ruf der Kiebitze im Seebachtal blinzelt er treu hinter meinen Waden hervor und beobachtet mit beweglichen Pupillenschlitzen das Zittern ihrer Federhollen, wenn diese über Halme zuckeln. Bei mir hat er sich entschlossen, anzukommen. Hier will er sein.

Von mir will er wie ein Vögelchen gehudert werden, fordert diesen einen Teil Leben ein, der ihm bislang versagt geblieben ist. So rede ich es mir ein.

Im Keller alles geordnet, im Haus die Dinge gerichtet. Der Garten so gut, wie mir das möglich ist, gepflegt, damit du keinen Mangel leidest, wenn du wiederkommst.

Wo soll ich nun hin?

Schildpatt streicht mir um die Beine.

Lass uns laufen, scheint er damit zu sagen. Folge mir.

Der erste tiefe Atemzug auf einem Spaziergang. Das Kräuseln im Wipfel deiner Bäume. Ein letzter Vogel zurück auf spätem Flug. Und unten ich – und ich.

Und als ob er es gewusst hätte, als ob er mit seinem Katzeninstinkt untrüglich geahnt hätte, was ich brauche, was mir fehlt, zottelt Schildpatt vor mir über das Feld der Anhöhe entgegen, dorthin, wo sich bei der Zwieseleiche ein weiter Blick über die Thurebene auftut, und der Himmel verbreitet eine ganz sonderbare Atmosphäre, und dann sehe ich endlich, was er mir zeigt, wo Schildpatt mich hingeführt hat. Meine Hand stützt sich erschöpft gegen den Stamm, als ich die Nebensonnen betrachte, eine links und eine rechts, und in der Mitte wir, unser Leben, wie wir es einst hatten. Ich weiss, es ist unbegreiflich, aber bevor mir der Moment entgleitet, erkenne ich dich im Glast. Du bist mein Licht, du warst es, all die Jahre. Und jetzt also sehe ich dich und unter den drei Sonnen die Berge und die Alpen, die du so gern bewundert hast. Ich kann nicht anders. Ich schaue. Schildpatt aber zieht unverkrampft weiter. Folge mir.

In eine Holzlatte gehauene Stufen zurück zum Glück

Die Kühe kamen nach den Ziegen. Die Sau nach den Kühen. Die Hasen waren nur vorübergehend zu Gast. Mit den Jahren hat Elisa Tier um Tier bei sich aufgenommen, dass man sie schon bald nicht mehr zählen wollte. Kein Gnadenhof, dafür hatten sie dann doch zu wenig Platz, aber eine Notschlafstelle für Geschundene, eine Unterkunft auf Zeit.

«Wen willst du damit diesmal täuschen?», sagte Jakob und lachte müde. Der warme Klang seiner Stimme verriet ihn sofort. Dass aus Elisas beschwichtigendem «Nur für zwei, drei Wochen» gut und gerne Jahre werden könnten, kommentierte er mit seinem langmütigen Blick. Sie umarmte ihn von hinten.

Vier tattrige Alpakas zogen heute also in den Garten ein, «das fünfte ist ja nur ein halbes». Seinem Gang, dem brüchigen Fell und der allgemeinen Abgeschlagenheit nach zu urteilen, mit der es sich fortbewegte, glich es eher einem der Hühner aus der Schar, die Elisa letztes Jahr vor dem Schlachthof gerettet hatte. Die waren gar nicht begeistert, ihr Land mit irgendwelchen Vierbeinern zu teilen, ihr aufgeregtes Gegacker liess keinen Zweifel daran.

Der Wind wehte duftig und weich. Wie immer war Jakob auf den letzten Drücker fertig geworden. Ein Umstand, der Elisa jedes Mal kribbelig werden liess, das Warten und Bangen, schaffte er es? Machte er es? Aber als er den letzten Nagel einhämmerte und mit prüfender Hand das Gattertor befühlte, lächelte er verschmitzt in seinen stillen Sieg.

Mit der jährlichen Schur hatte Elisa vorsorglich den benachbarten Schafbauern Basti beauftragt. Triumphierend hatte sie es Jakob unter die Nase gerieben, dass für alles, alles bereits gesorgt sei, bitte schön.

«Bitte zur Kenntnis zu nehmen: Habe seit den Ziegen dazugelernt.»

Zappelig und über mehrere Meter hinweg bockig liessen sich die Tiere aus dem Transporter hinaus und hinters Haus führen, sie folgten der angehalfterten Leitstute, das verwachsene Tier trottete mit hängendem Kopf und voller Unwillen vorneweg, als beträte es eine Seilbrücke und nicht das Paradies.

Jakobs Hand legte sich auf die oberste Latte des Holzzauns. Elisa trat zu ihm, das lose Halfter zwischen den Fingern, den Blick zur neuen Herde. Freigelassen rannte die Leitstute als Erste los im Sturzgalopp. Noch bevor sie die gesamte Weide erkundet hatte, steckte sie den Kopf ins hohe grüne satte Gras. Zupfte ein paar Halme. Warf den Kopf hin und her und rannte wieder los. So ging's mit den Ohren steil aufgerichtet, nach hinten scharf angelegt, freudvoll nach vorne gedreht, fidel weiter. Die Tiere erprobten das neue Gebiet und holten sich den Mut dazu, indem sie sich einander vergewisserten. Schnuppern. Berühren. Nüstern zusammenstecken. Sturzgalopp.

Jakob zog Elisa zu sich. Seine Arme umrankten sie. Sein Kinn ruhte auf ihrem ergrauenden Haar. Beide blickten auf die Weide.

«Alpakas.»

«Mal schauen, was wir von denen lernen können.»

Er kaute auf etwas herum, einem Halm, einem Stückchen Süssholz vielleicht; nichts schien ihm heute mehr Freude zu bereiten, als ihr Freude zu bereiten. Von der Heuraufe duftete es belebend.

«Du hast an alles gedacht, das geb ich gerne zu.»

Elisa wartete, ob dem noch etwas folgen würde. Ein Kuss. Eine begehrende Umarmung. Ein neckischer Nackenschnauber.

Die Leitstute machte einen unwirschen Bocksprung, als sie von einem der anderen Tiere angerempelt wurde. Ordnungsprinzipien waren einzuhalten, auch auf unbekanntem Gebiet.

Jakob blies Elisa in den Scheitel. Ihre Haare wirbelten auf, legten sich wieder. Er küsste sie. Ein leichter Husten – nein, er küsste sie.

Gemeinsam sammelten sie sein Werkzeug zusammen, zwischen jedem Handgriff ein versichernder Blick. Jakob schaute, als ob er fragen würde: Bist du glücklich? Elisa schaute und stellte ihre Frage nicht.

Als sie alles eingepackt hatten und zum Haus gehen wollten, hielt er sie zurück. «Die Tränke.»

«Was ist mit ihr?»

«Daran hast du nicht gedacht.»

«Wieso? Da ist doch Wasser drin?»

Jakob zuckte mit den Schultern. Dann ging er ohne sie zum Haus. Seine Schritte wirkten ausgelassen, froh. Sie schaute von seinem Rücken zur Tränke zu seinem Rücken. Flink öffnete sie das Gatter und schlüpfte auf die Weide. Da war sie doch, die Sandsteintränke. Und Wasser auch. Also was …?

Und dann sah sie sie. Die Kerben, die sie Jakob nachmittags in ein Stück langes, schmales Holz hatte hauen hören, offenbarten ihren Sinn. Die Frösche und die Kröten – die konnten in der Tränke allzu leicht ertrinken, für sie waren das mehr als nur keilförmige Lücken in einem Stück Holz. Für die

Frösche bedeuteten sie Überleben, in eine Holzlatte gehauene Stufen zurück zum Glück.

Sie hatte noch so viel, so unendlich vieles von ihm zu lernen. Wenn nur die Zeit dazu noch reichte. Er, im Gegensatz zu ihr, gab sich überrascht, dass sie dieses Mass an Zeit überhaupt zugestanden bekommen hatten zu zweit. Seit er ihr das gesagt hatte, klagte sie in seiner Gegenwart nicht mehr über sein Husten. Seine Dankbarkeit liess Elisas Bitte wie einen Gegenfüssler am unteren Ende der Welt baumeln, während er genügsam am oberen stand.

Höchste Zeit, dass ich mich darum kümmere. Ständig verfolgt mich dieses Gefühl, im Verzug zu sein, zu spät zu kommen, das Wesentliche zu versäumen. Und dann...

Und dann zerbricht es. Wenn ich es nicht erreiche, zerbricht es, obwohl ich niemandem zu sagen vermag, was es überhaupt ist, am allerwenigsten dir.

Orient und Okzident reflektieren meine Stimmung wie frische Scherben. Diese beiden Katzen hat deine Schwester mir geschenkt, als du sichtbar krank wurdest und wir es nicht mehr länger leugnen konnten. Sie sagte, sie habe sie auf einer Schutthalde mitten im Gemeindewald aufgegabelt. Ich glaube, sie kommen aus dem Heim.

Jeder will, dass es mir besser geht. Ich will das nicht.

Wäsche waschen ohne deine Hemden. Einkaufen und dabei die Mohnbrötchen im Regal lassen. Nichts einpacken von den Dingen, die du liebtest. Jedes Mal, wenn ich das Mass der Kontrolle spüre, die es benötigt, um meine Trauer hinter meinen Augenlidern zu halten, die in Wellen kommt... Jedes Mal, wenn ich meine Hand nach etwas ausstrecke, das du nicht mehr willst, nicht mehr begehrst, nach dem dich nicht mehr verlangen kann. Deine Schwester verkündete laut, aus Trauer werde mit der Zeit Liebe, Dankbarkeit, wenn wir sie durchlaufen. Aber was weiss denn sie.

Mein Unvermögen, eine vernünftig Trauernde zu sein, pflügt mich wie in einer Wasserwalze unter, jedes einzelne Mal. Nichts hat vor deinem Fortsein Bestand. Und es gibt nichts, mit dem ich mich trösten könnte; noch nicht einmal etwas, das mich diesen Trost wünschen liesse.

An solch verschatteten Tagen hast du mich jeweils mit in den Garten genommen. An deiner Hand bin ich dir bis zu den Himbeeren gefolgt, bis zum Nussbaum, zu den Reben. Jetzt suche ich nach einem Ritual, denn nur in einem Ritual, scheint mir, liegt die Möglichkeit der Zurückgebliebenen zu überleben. Durch deine Rituale lebte ich in einem bestimmten Licht, in meinen eigenen Schatten kenne ich mich nicht aus.

Dein Tod macht, dass ich unserem gemeinsamen Leben nichts mehr hinzufügen kann. Dein Tod macht unser gemeinsames Leben komplett.

Wie kann es sein, dass ich das nicht begreife? Weiter mit dir zu sprechen, ist ein Verrat an deiner Vollständigkeit. Aber ich erinnere mich nicht, wann du zum letzten Mal gesagt hast: «Ich liebe dich.» Ich erinnere mich nicht daran, wann du das letzte Mal gelacht hast, wann hast du den letzten Nagel eingeschlagen, die letzte Tür geflickt? Du warst immer, überall und alles.

Wie kann es sein, dass ich diese letzten Male nicht einzeln zählte? Sie aufsammelte und bewahrte in einem Etui? Für später? Für heute? Für jetzt? Wann hast du diese Räume zuletzt betrachtet? Wann Orient und Okzident gestreichelt? Wann ist deine Hand erschlafft? Ich will ein Datum, eine Uhrzeit, die Sekunde. Ich will wissen, wann. Ich will diese Momente bewahren für den Rest meines verbleibenden Lebens.

Ich will für den Rest meines Lebens daran glauben, dass der Tod eine gigantische Lüge ist, weil du irgendwann den Faden genau da, wo ich ihn halte, wieder aufnehmen wirst. Du wirst diese Katzen herzen, diese Räume betreten und deine Hand zu einem Gruss erheben für mich.

«Nichts geht verloren in der Natur», hast du gesagt und mich gehalten. «Irgendwann gibt sie immer mit vollen Händen zurück.»

«Oh – Sie füttern die Vögel jetzt schon?»

Da steht ein Mann in meinem Garten. Ein Mann, der mich anschaut, mich etwas fragt, ich kenne ihn. Was macht dieser Mann hier in meinem Garten?

«Aber Sie haben natürlich recht», fügt er an, «für die, die hierbleiben, ist es hart.»

Ich starre ihn an. Ich blicke auf meine Hände, die einen Sack umklammert halten, aus dem Vogelfutter rinnt. Ich starre ihn wieder an. Und jetzt erkenne ich ihn, den BioBus-Fahrer. Meine eigene Stimme ist neben der Stimme des fahrenden Verkäufers kaum hörbar, als ich erwidere: «Das Vogelfutterhäuschen steht noch vom letzten Winter. Ich habe es nicht abgebaut.»

Er kommt einen halben Schritt näher, traut sich aber nicht, den gekiesten Weg zu verlassen und ins gelbe Gras zu treten. «Wussten Sie, dass es Zugvögel gibt, die vom Iran hierher und von hier in den Iran ziehen?» Er schaut mich freundlich an, sein Gesicht wird eine Landschaft. «Früher habe ich mir darüber nie Gedanken gemacht.»

«Aber jetzt schon?» Ich weiss nicht, was ich sonst darauf hätte antworten sollen.

«Seit ich selbst nicht mehr zurückkann, ja.»

Ich habe nur eine vage Vorstellung, weiss nicht, warum er nicht zurück in den Iran kann und weshalb er mir das sagt. Wieso dieser Mann überhaupt am Rand meines Gartens auf dem Kiesweg steht und mit mir spricht. Aber ich staune, dass es in seinem Leben ebenfalls ein Ereignis gibt, das sein Dasein in ein Davor und ein Danach einteilt.

«Sie haben mich nicht klingeln hören.»

Was will er von mir?

«Mein Wagen. Die Klingel. Sie sind nicht rausgekommen wie sonst.»

Was muss ich tun in dieser Situation? Was wäre gesellschaftlich angebracht? Er verhält sich ja geradezu so, als hätte ich regelmässig bei ihm eingekauft. Habe ich? Das habe ich. «Mein Signalhorn ist vielleicht zu leise, es ist schon sehr alt. Deshalb halte ich jetzt vor den Häusern und klingle an den Türen.» Er schaut auf seine Füsse. «Sie haben mir nicht aufgemacht.» Malt einen Halbmond mit dem linken Schuh. «Brauchen Sie irgendetwas? Haushaltsrolle? Seife? Ich habe eine schöne Auswahl an frischen Seifen hereinbekommen. Gibt es etwas, das Sie zurzeit», er zögert, «benötigen?»

Und bevor ich es merke, sage ich: «Wärme, vielleicht?»

Sein Rücken ist bullig und kompakt. Seine Hände arbeiten flink, lassen Luft aus meiner Heizung ab, fangen Wasser in der Schüssel auf. Im Iran sei er Energieingenieur gewesen. In seinem Leben Nummer eins, wie er sagt. In seinem Leben Nummer drei bringe er mit seinem Verkaufswagen den Dorfbewohnern Ware. Was sein Leben Nummer zwei gewesen sei, sagt er, wolle ich nicht wissen.

«Ja. Ich habe richtig vermutet. Das ruft nach einem neuen Ventil.» Er strahlt mich an.

«Ein neues Ventil?» Das Wort kommt mir unermesslich vor.

«Das ist eine ganz einfache Sache. Ich bringe es Ihnen nächste Woche vorbei, wenn ich wieder durch das Dorf fahre.»

Als er aufsteht, macht mir seine Körperfülle keine Angst. Ich will ihm das sagen, ihn das irgendwie wissen lassen, also sage ich: «Es tut gut, in diesem Haus wieder Stimmen zu hören.» Die Fältchen um seine Augen kommen ins Rutschen. Er schaut, als prüfte er, ob er das Folgende tatsächlich preisgeben kann. «Ihr Mann war immer sehr freundlich zu mir. Wenn er zu meinem Verkaufswagen kam, hat er gerne einen Scherz mitgebracht. Das hat mir gut gefallen.»

Es stört mich nicht, dass er von dir spricht. Im Gegenteil. Ich finde es schön, jemandem zuzuhören, der dich kannte.

Als er geht, schaut er mir in die Augen wie ein grosser Sohn. Dann betrachtet er meine Gartenkleider, die schlaffe Hose, das Hemd, deine Strickjacke. Er sagt, und seine Fältchen kämpfen einen eigenen Kampf: «Nun ja. Für die Wärme haben Sie ja jetzt jemanden gefunden. Mein Name ist Nawzad. Falls Sie mich einmal rufen wollen. Ich lasse Ihnen meine Nummer hier.»

Habseligkeiten für eine flüchtige Zeit

«Es ist so weit.»

Elisa wusste, dass nicht die Weinlese gemeint war. Die zu übernehmen hatte Jakobs Schwester bereits die Nachbarn instruiert. Jakobs Schwester legte sich seine Strickjacke über den Arm. «Ich packe dann mal ein paar Dinge für ihn zusammen.»

Völlig verloren und mit verzweifelten Händen lief Elisa durch das Haus. Der Nachhall der Worte «ein paar Dinge» dröhnte auf ihrem Trommelfell. Ein paar Dinge, das hiess Habseligkeiten für eine flüchtige Zeit.

Immer wieder streckte Elisa Jakobs Schwester Sachen entgegen, die diese mit bedauerndem Blick ablehnte. «Braucht er nicht.» – «Nicht nötig.» – «Nein.»

Jakob anzusprechen, wagte Elisa nicht. Er lag in seinem Bett und starrte an die Wand. Seit Wochen hatte sich Elisa vorgemacht, dass es einen Ausweg gäbe. Aber aus Jakobs zunehmender Wortkargheit strömte nach und nach doch die ganze Verheerung in ihrer beider Welten – in Form von dickem, zähflüssigem Blut.

Aber die Reben! Aber die Quitten! So schrie es in ihr, aber am allermeisten schrie es: Ich!

«Lass mich nicht allein, Jakob. Verlass mich nicht. Ich bin verloren ohne dich.»

«Nichts geht verloren, Elisa. Du nicht und nicht ich. Alles ist ein grosser Kreislauf, und Nehmen gehört zum Geben dazu.»

«Aber ich –»

«Nun mach mich nicht zu einem Oberlehrer, Elisa. Du lebst dein Leben, du kannst das, gib mir dieses Versprechen, dass du nun auch ohne mich... du...» Er musste husten. Und über seinem Husten vergass er, was er ihr sagen wollte. Was er von ihr verlangte. Erschöpft schaute er sie an.

Als seine Hand aus ihrer rutschte und die beiden Pfleger ihn auf einer Bahre zu dem Transporter rollten, der Jakob in ein städtisches Hospiz bringen würde, blieb Elisa zerstört zurück.

Sie würde Jakob immer alles geben, so hatte sie ihr Leben gelebt, und von ihm alles, was sie brauchte, entgegennehmen dürfen als Geschenk, das Recht auf Sein, das Recht auf eigene Wege, auf Sonderlichkeiten, auf Rückzug und auf Wiederkommen auch. Aber Jakob gehen lassen?

Unfähig, einen klaren Gedanken zu fassen, unfähig, eine Handlung von ihrem Anfang bis zu ihrem Ende auszuführen, blieb Elisa in einem verwüsteten Daheim zurück, als Jakob von seiner Schwester ins Hospiz begleitet wurde. Nur, um ihnen eine Viertelstunde später nachzufahren bis kurz vor das Gebäude, wo Elisa erneut eine Viertelstunde brauchte, um die Strecke vom Parkplatz zum Empfang in Angriff zu nehmen.

Die erste Nacht schlief sie bei ihm.

Aber das Ende kam in Windeseile. Das Ende kam in grossen Schritten auf sie zugerast. Und als es da war, war Elisa bei Jakob, und als er ging, liess er Elisa bei seinem leblosen Körper zurück.

Die ersten Tage hatte Elisa in dumpfem Dämmer verbracht, Jakobs Schwester an ihrer Seite. Jakobs Schwester, die es schon nach der ersten Fehlgeburt damals übernommen hatte, im Haus für Heiterkeit zu sorgen. Die ungebrauchten Strampelanzüge wegpackte und sang dabei. «Ganz falsch!», schrie es in Elisa. «Es ist noch viel zu früh!» Und dann, laut: «Hau endlich ab, du, lass mich allein!»

Jakobs Schwester aber blieb und half bei der Quittenernte. An dem Tag jedoch, als Elisa nach Jakobs Tod selbstständig Tee kochte, ihr dies gelungen war, zog sie sich zurück und kam wie verlangt nicht wieder.

Seither beschränkte sie sich darauf, einmal pro Tag Elisas Anrufbeantworter zu aktivieren – eine Nachricht hinterliess sie nie – und gelegentlich am Haus vorbeizufahren; Elisa erkannte ihr Auto am kratzigen Motor. Von diesen verlässlichen Geräuschen abgesehen blieb für Elisa das Leben stehen und still.

Schafe. Ich höre sie, bevor ich sie sehe. Basti treibt sechs seiner Schafe in meinen Garten. Das Weidenetz muss er noch vor Sonnenaufgang gespannt haben. Meine Uhr zeigt knapp vor acht.

In Pantoffeln trete ich ihm entgegen.

«Muss die aussondern.»

«Bei mir?» Meine Stimme klingt heiser. Ungebraucht.

«Besser, wenn sie eine Weile Ruhe haben. Werden gemobbt.»

«Gemobbt. Schafe.» Ich räuspere mich.

Basti schaut mich von oben bis unten an und merkt es nicht. Zu sehr ist er in einen Gedanken verfangen, der ihn vom momentanen Augenblick wegzieht. Er kratzt sich am Kinn. «Ich dachte mir, weil doch Nawzad deine Heizung…»

Ich weiss nicht, was er meint.

Weiter sagt er nichts. Er beäugt zufrieden seine Schafe, die sich zwischen meinen Winterreben ans Werk machen.

Ein bisschen Gras ist noch verblieben.

Die Unmöglichkeit der Situation ist uns beiden bewusst. Seit deiner Beerdigung habe ich mit niemandem mehr im Dorf länger als nötig gesprochen. Auch habe ich keine Butterzöpfe mehr in den Schuppen gebracht, in dem die Wanderer Schafsmilch, Käse, Quittensirup und anderes Hausgemachtes kaufen können, ich weiss nicht, wer im Dorf jetzt für sie Zöpfe backt.

«Es stört dich doch nicht?», fragt er und legt einen Schrecken in sein Gesicht, den ich ihm nicht abkaufe.

«Schafe stören mich nicht.»

Basti nickt. «Dacht ich's mir. Evi hat mir nämlich gesagt, dass Jakobs Schwester gesagt habe, wir sollen da auf die Zeichen achten.»

Jetzt bin ich es, deren Gesicht sich verformt. «Die Zeichen.»

Das Ganze ist ihm deutlich unangenehm, ein so langes Gespräch ist Basti nicht gewohnt. Und irgendwie erheitert mich

der Gedanke, dass er noch weniger spricht als ich. Er saugt die Lippen ein und stülpt sie dann nach vorn. Eine Mimik, die ihm das Aussehen eines Buben verleiht, den man beim Eierklauen erwischt hat.

Ich atme tief durch. Die Schafe kauen gleichgültig an meinen Grashalmen. Sie sehen friedlich aus, als sei das Leben für sie unverändert weitergegangen. Dann wende ich ihm das Gesicht wieder zu, das ist zu viel für ihn.

«Die Zeichen halt! Und da du jetzt mit Nawzad sprichst und er schon zweimal bei dir im Haus war, dachten wir –»

«Dachten du und Evi, die Zeit könnte allmählich gekommen sein, mir ein paar deiner angstschlotternden Schafe aufzuhalsen.»

«So in etwa.»

Für die Dauer von vier langen Atemzügen schweigen wir uns an. Verschiedene Gefühle ringen in mir um die Oberhand.

Dann sage ich, und es kitzelt tatsächlich in meinen Mundwinkeln, die hart und eingetrocknet sind: «Hast du denn auch nach der Tränke geschaut?»

«Die Tränke? Hat Wasser drin.»

Ich überlege, ob ich mich mit ihm weiter unterhalten will. Diese Wortklauberei strengt mich über Gebühr an. Aber das Gerangel der Gefühle in mir dauert an, und weil das eine wieder gewinnt, frage ich:

«Hast du an die Holzlatte gedacht, die lange schmale mit den Stufen?»

Basti glotzt. Und in der Wärme dieses Geheimnisses, das ich mit dir teile, frage ich versöhnlich, rasch: «Holst du sie abends wieder rein, die Schafe?»

«Dachte eher, ich bring das Weidezelt rüber und du schaust nach ihnen.»

Ich nicke und Basti zieht ab.

Die Spätjahresmorgenluft liegt kühl auf meinen Schultern, da dreht er sich nach mir um und ruft: «Äh, brauchst du irgendwas? Evi sagte, ich solle dich das fragen.»

Ich drehe mich weg und hebe lachend die Hand. Hat also deine Schwester heimlich unsere Nachbarn beraten.

Am späten Nachmittag hocke ich mich in deine Strickjacke gekuschelt und mit einer Wolldecke über den Knien auf die Bank unter dem Nussbaum und schaue Bastis Schafen zu.

Die Holzlatte habe ich in der Tränke befestigt, es wird kein Frosch ertrinken. Vielleicht hat deine Schwester für mich eine Holzlatte mit Einkerbungen in meinem Dasein angebracht, ohne dass ich es bemerkte. Vielleicht hat sie mit Basti und Evi, mit dem Staudengärtner Niklas, dem Schweinebauern Hans, dem Gemüsebauern Fritz, mit Nawzad, mit einfach allen gesprochen, vielleicht sogar mit denen vom Dorfladen unten, Trudi, Penta und Su. Und mit den Frauen vom Landfrauenverein. Vielleicht hat sie, Gespräch für Gespräch, Kerben eingeschlagen, die mich retten. Ich bin der Frosch im Brunnen, ein Mensch, der aus dem Tümpel will.

Bastis Schafe käuen wider. Ich schaue sie an und spüre Dankbarkeit.

Indem ein Leben mit einer Geburt beginnt und mit dem Tod endet, wird es zu einer Geschichte. Alles, was mit dir und durch dich war, ist nun zu einer Geschichte geworden, Jakob, mit einem fest verfugten Anfang. Und einem Ende. Auf dieser Wiese vor mir. Hier. Ich ziehe die Jacke enger.

In einem kurzen entscheidenden Moment

Als Elisa an diesem Abend mit schweren Schritten zurück zum Haus ging, war sie tief in Gedanken versunken. Nicht, als sie durch die Hintertür und die Garage, in der Jakobs Wagen unter einer dicken Staubschicht schlief, ging, merkte sie es, nicht, als sie im Flur die Schuhe wechselte und in die warmen

Filzpantoffeln schlüpfte. Erst als sie in der Küche mit müdem Griff nach der handbemalten Thermoskanne für den gesalzenen Milchtee langte, hörte sie es. Das Röhren und Kratzen und Spotzen des vertrauten Motors.

Endlich.

Ihr Kinn reckte sich. Sie horchte. Ein zarter Ruck fuhr durch ihren Körper. In einem kurzen entscheidenden Moment stellte Elisa die Thermoskanne neben dem Spültrog ab, drehte sich um und ging durch die Küchentür in den Flur und vom Flur zur Haustür, wo sie einen Schlüssel drehte und ebendiese Tür öffnete.

«Annemarie!», rief sie Jakobs Schwester zu. «Komm doch herein. Ich glaube, ich würde mich darüber freuen.»

WINTER

Der Morgen kommt. Raureif liegt auf den Halmen. Du bist in einem Winter gestorben und in einem Sommer geboren. Du hast dein Leben vollgemacht.

Ich rühre im Milchtee, den ich heute ohne Salz trinke, und schaue durch das Fenster hinaus in die behauchte Weite des ruhenden Gartens. Der Kachelofen gibt wohlige Wärme gegen meinen Rücken ab und füllt das Haus mit seinem Leben. Schildpatt liegt vor mir auf dem Fenstersims; wo Okzident und Orient sind, weiss ich nicht. Vermutlich in der Werkstatt, die jetzt keine Garage mehr ist; seit Annemarie deinen Wagen verkauft hat, nutzen sie den Raum als Katzenspielplatz.

Kürzlich musste ich ihnen die Samenkugeln abjagen, die ich im nächsten Frühjahr in die Erde geben will. Kornblume. Nachtviole. Klatschmohn. Leinkraut. Venus-Frauenspiegel, Wiesensalbei.

Du hättest eine Ahnung gehabt vom Wie und vom Wo. Ich werde mir das Wissen erarbeiten müssen. Wenn ich eine Wildblumenwiese anlegen will, dort, wo im letzten Sommer alles restlos verdorrt ist, werde ich es lernen.

Der Tod ist ein Reinemacher, er lädt dazu ein, alles, was plan ist, neu zu gestalten.

Der Tod ist eine unerwartete Gabelung im Wildwechselpfad.

Dein Tod hat mich hilflos zurückgelassen.

Und doch bin ich es, die weitermacht.

In die Hauchwolke am Fensterglas zeichne ich deine Initialen. Schildpatt stupst mit seiner Nase dagegen. Nun prangt sein Nasenabdruck neben den Buchstaben, die für mich du sind.

Es ist uns zur neuen Gewohnheit geworden, zusammen spazieren zu gehen, Schildpatt und ich, wenigstens einmal am Tag. Eine mehrfach zerbrochene Frau und eine verhuschte bunte Katze.

Wer hätte das gedacht. Die vollen Hände der Natur. Sie haben die Gestalt eines schnurrenden Tiers. Der Tod macht alles möglich, er ist in diesem Spiel der Geber und setzt die Spielsteine auf null. Ich würde nicht so weit gehen zu sagen, dass der Tod ein neuer Anfang ist. Aber doch ist er es, der zu diesem Geschenk allein fähig ist, zu dieser bodenlosen, wandlosen, deckenlosen Freiheit, die Zertrümmerung ist.

Wenn ich diese Tasse Milchtee ausgetrunken habe, werde ich die warmen Schuhe anziehen, deinen Yakfellmantel um mich legen und mit Schildpatt eine Runde drehen. Da draussen erwartet mich ein weisses Feld, eine kalte Welt voll schlummernder Blütenpracht. Ich blicke Schildpatt an. Komm, folge mir.

Dank
Zahlreiche Institutionen haben die Realisierung
dieses Buches ermöglicht. Wir danken den folgenden
Organisationen für ihre grosszügige Unterstützung:

Kulturstiftung
des Kantons Thurgau

Cross Roads, Evelyne Coën
TKB Jubiläums-Stiftung
Dr. Heinrich Mezger-Stiftung
Thurgauische Kulturstiftung Ottoberg

© 2024, Verlag Saatgut, Frauenfeld
www.saatgut.tg
© für den Text: Michèle Minelli
www.mminelli.ch
© für die Illustrationen: Janine Grünenwald
www.hasenbureaux.ch
Lektorat: Miriam Waldvogel, Frauenfeld
Korrektorat: Petra Meyer, Beromünster
Gestaltung und Satz: Susanna Entress, Frauenfeld
Druck: medienwerkstatt ag, Sulgen
Bindung: Grollimund AG, Reinach BL

Alle Rechte vorbehalten: Kein Teil dieses
Werkes darf in irgendeiner Form
ohne die vorherige Genehmigung des Verlags
reproduziert oder unter Verwendung
elektronischer Systeme vervielfältigt,
verteilt oder verarbeitet werden.

ISBN 978-3-9525244-8-0